Philipp Jessen

Einarmig unter Blinden

Roman

Knaur Lemon

Besuchen Sie uns im Internet:
www.knaur-lemon.de
www.einarmig-unter-blinden.com

Sagen Sie uns die Meinung zu diesem Buch:
lemon@droemer-knaur.de

Originalausgabe 2003

Ein Unternehmen der Droemerschen Verlagsanstalt
Th. Knaur Nachf. GmbH & Co. KG, München

Umschlaggestaltung: ZERO Werbeagentur, München
Satz: Ventura Publisher im Verlag
Druck und Bindung: Clausen & Bosse, Leck
Printed in Germany
ISBN 3-426-61544-4

5 4 3 2 1

Für meine Eltern und Dada

Alle in diesem Buch verwandten Namen und geschilderten Ereignisse – ausgenommen Persönlichkeiten des öffentlichen Lebens – sind frei erfunden. Jegliche Übereinstimmungen mit tatsächlichen Personen und Ereignissen sind rein zufällig.
Wirklich.

Was passiert

diamonds are

shirley bassey

forever

you're like

new order

crysta

Hallo

Ich kaufe ungern Toilettenpapier. Auf meiner rechten Stirnhälfte habe ich eine kleine Narbe. Statt Toilettenpapier kaufe ich Haushaltspapier. Das schneide ich in der Mitte durch – die Verkäufer sollen nicht wissen, dass ich kacke. Mit vier Jahren bin ich im Kindergarten gegen eine Heizung gerannt. Daher die Narbe.

Ich bin 1,82 groß, wie eigentlich jeder volljährige Mitteleuropäer. Habe Leonardo DiCaprios *Titanic*-Figur – dünn mit einer kleinen Wampe. Meine obere Gesichtshälfte ist schön. Die untere nicht.

Ich habe dunkelblonde Haare. Ich besitze nicht viel, aber immerhin eine Frisur. Und eine gute Haut. Nur nach dem Rasieren habe ich manchmal einen Pickel auf meiner linken Wange. Immer an der gleichen Stelle.

Meine Augen sind braun. Ob ein Glas halb voll oder halb leer ist, kann ich nie entscheiden. Die Frau in der Reinigung vergisst immer meinen Namen. Sie nennt mich »der Junge mit den schönen Hemden«. Nicht viele Leute mögen mich. Aber die, die es tun, mögen mich wirklich.

Ich bin ein Einzelkind. Meine Eltern finanzieren mir eine Dreizimmerwohnung und eigentlich auch sonst alles. Wenn es kalt wird, werde ich aggressiv – meine Mutter hat mich einmal als Baby im Winter auf dem Balkon vergessen. Zurzeit mache ich gar nichts. Meinen ersten Job, Abitur, Bundeswehr, Grundstudium habe ich hinter mir. Die Pubertät leider noch nicht.

Ich wäre gerne ein Panzer. Gebaut von Ferrari. Zu zwei Dritteln gefüllt mit Wissen. Der Rest Gefühle.

Dies ist meine Geschichte.

come on and rock with me

eminem

Eins
Patsch

Patsch. Der Eisball trifft mich knapp neben meinem rechten Auge. »Lern snowboarden, du Penner!« Benommen und schwer irritiert drehe ich mich um.

Einen halben Meter neben mir sitzt ein nicht unwesentlich attraktives Mädel – hellbraune Haare, zum Zopf gebunden. *SIE!* trägt eine graue Baggy-Pant, eine rote Daunenweste und ein Burton-Board an ihren Füßen. *SIE!* grinst. Ich bin genervt.

Eigentlich wollte ich gar nicht mit in diesen kaputten Skiurlaub fahren. Habe mich aber breitschlagen lassen (»Hey, komm mit, das wird super!«). Nun sitze ich hier, mit einem hammermäßigen Kater, meinem viel zu teuren neuen Snowboard und hässlichen Skiklamotten, auf dem Idiotenhügel. Wo die anderen sind, weiß ich nicht. Was ich weiß ist, dass jeder von ihnen besser fährt als ich und ich deshalb hier seit fünf Tagen, ohne den Hauch eines Fortschrittes, alleine trainieren muss. Dieser »Berg« hat höchstens eine Steigung von fünf Prozent. Rechts ist ein T-Lift, in dem ständig Kleinkinder mit neonfarbenen Helmen der kurzen Länge nach hinschlagen. Genau wie auf der Piste.

Ich bin mit Abstand (mit zehnjährigem) der Älteste hier. Es ist einfach nur peinlich! Obwohl mir kalt ist, schwitze ich. Und jetzt muss ich mich auch noch – zu allem Überfluss – von diesem Snowboard-Häschen penetrieren lassen? Mit meiner linken Hand, die nicht mehr in einem Handschuh steckt, da sie mir eben noch dabei behilflich war, Schneereste von meiner Hose zu entfernen, forme ich einen Schneeball. Lasse ihn unauffällig in meine rechte Hand gleiten. Ohne zu zielen schleudere ich das baseballgroße Teil mit voller Wucht in ihre Richtung.

Und ich treffe!

Der mit Dreck und kleinen Steinchen versetzte Eher-Eis-als-Schneeball schlägt in ihr Gesicht ein. Das Treffergebiet verfärbt sich umgehend in ein ungesundes Rot-Lila-Grün.

Upsala.

SIE! schnauzt einen Satz. Anscheinend hat *SIE!* auch Schnee (und Dreck) in den Mund bekommen, denn bei mir landen nur dumpfe Wortfetzen (und Dreck). An der ihrerseits geplanten Lautstärke liegt es jedenfalls nicht, dass ich nur die Worte »wohl«, »nicht«, »ganz« und »dicht« verstehe. Ich überlege, in welchen nett gemeinten oder mit Anerkennung hochgetunten Satz diese Wörter passen könnten – da trifft mich ein Blick, der mir umgehend bestätigt, dass wohl doch meine erste Interpretation der Wortrudimente richtig gewesen ist.

Ihre Wange sieht mittlerweile aus wie eine Qualle, die gerade Blutwurst gegessen hat. *SIE!* richtet ihr Snowboard hangabwärts aus. Fährt davon. Dass *SIE!* nicht schreit oder heult, beeindruckt mich fast genauso doll, wie es mir peinlich ist, ein Mädchen auf dem Babyhügel zu schikanieren.

Zum Glück gehen wir heute Abend aus. Und auch zum Glück bin ich noch/schon breit.

Wir sind fünf Typen. Alle in der gleichen Liga, würde ich sagen. Der eine ist witziger, der andere sieht besser aus. Insgesamt hält es sich aber ganz gut die Waage. Da meine Snowboard-Skills allerdings so deutlich zu wünschen lassen, dass mir auch sämtliche grimmschen Märchenfeen nicht helfen könnten, ist meine Meinung und Anwesenheit in diesem Urlaub trotzdem unter dem üblichen Niveau gefragt.

Wir gehen in den einzigen Club im Ort. Der *Zimtstern* liegt am anderen Ende des Dorfes. Das bedeutet einen Fußmarsch von 15 Minuten. Außerdem bedeutet es: Schneejacken über Ausgeh-Outfits anziehen. Und mit Andreas-Türck-Schweißrändern unter den Armen ankommen. Was mich jedes Mal genauso aufregt, wie die Tatsache, dass die Person Andreas Türck überhaupt in meinem Hirn gespeichert ist, jemand wie er in Deutschland als prominent gilt und wir vergleichbare Körperfunktionen haben.

Der Club ist typisch Skiurlaub: Genau in der Mitte

ist die stahlbeschlagene Tanzfläche; alte Bierbänke sind in Sternenform drum herum aufgebaut; Lichtanlage mit den Disco-Grundfarben Lila, Grün, Blau ist, ebenso wie eine Nebelmaschine, selbstredend vorhanden. Unterbrochen wird der ausgesprochen hippe Bierbankstern nur durch das DJ-Pult des komplett talentfreien Discjockeys-DJ-Chrischi. Chrischi-Christian trägt Glatze und Sonnenbrille mit bunten Gläsern. Er kündigt jedes Lied mit einer frechen Kurzgeschichte an, gefolgt von einem lauten »Wuhuuu!«.

Noch bevor wir Platz genommen haben, beginnen Jakob und Daniel mit dem Retortendialog, den jede Disco und jeder Club auf der ganzen Welt schon fantastilliarden Mal gehört haben.

»Hey, guck mal, die Alte da hinten ist cool.«

»Ja, die ist geil. Aber da hast du so was von keine Chance! Die hat mich gestern schon so derbe angegafft, da will ich heute Abend mal beigehen. Konkurrenz ist für mich ja nicht da. Haha.«

»Vergiss es – die hat Bock auf mich. Ich erkläre dir mal ihre Taktik: Sie macht sich über den bescheuerten Mongo-Freund an den geilen Typen ran! Haha!«

»Wichser! Haha!«

(Nur für das Protokoll: *Keiner* der beiden wird heute Abend irgendwo »beigehen«. Genau wie den restlichen Urlaub auch nicht.)

Ich will keine Frauen mehr auf Partys kennen lernen. Ich benehme mich abends meistens so daneben, dass die Frauen, die das geil finden, einfach nicht ganz dicht sein können. Außerdem habe ich vor kurzem geträumt, dass ich in einem Trainingsanzug Milchflaschen einkaufen gehe. Auf dem Weg zur Kasse fallen mir die Flaschen hinunter. Sofort sprintet der Filialleiter mit fettigen Locken, dreckiger Supermarktjacke und Goldrandbrille herbei, um mir Wischtücher zu geben. Während ich so vor mich hin wische, höre ich eine Stimme: »Kann ich dir helfen?« Es ist nicht irgendeine Frau. Es ist *die* Frau! Sie hilft mir, die Milch von dem Linoleumboden zu wischen und die Scherben aufzusammeln. Zwischendurch fängt sie immer wieder an mit mir zu knutschen. Am Morgen habe ich beschlossen, meine nächste Lebensabschnittspartnerin so und in keinem Fall irgendwie anders kennen zu lernen. Ich möchte in schwachen Momenten geliebt werden.

»Ignoriere mich nicht!« Das ist nicht die Stimme aus meinem Traum. Ich drehe mich um.

»Ey, du Trottel, ich bin es! Wir haben uns vorhin auf dem Hügel getroffen.« *SIE!* setzt sich neben mich. Bisschen jung vielleicht. Aber: Solche Locken habe ich noch nie gesehen. Solche Augen habe ich noch nie gesehen. So eine Nase habe ich noch nie gesehen.

»Was macht der denn hier?«

Mein Kopf ist in einem Daunenkissen begraben. Meine Augen sind mit Schlaf verklebt und mir ist kalt. Eine Hand liegt in meinem Nacken und krault mich.

Ich bewege meinen Körper leicht hin und her, um zu checken, ob ich noch meine Kleidung anhabe.

Ja.

»Hallo, halloho? Ich will wissen, was *der* hier will!«

Gute Frage. Was mich aber persönlich mehr interessiert: *WO* bin ich hier?

»Lass uns in Ruhe. Er hat hier nur geschlafen. Es ist gar nichts passiert. Gar nichts!«

Das stimmt nicht. Langsam dämmert es mir.

»O Gott. Das kann doch echt nicht wahr sein! Da nimmt man dich nach langen Diskussionen mit, und nach zwei Tagen schleppst du irgendeinen fremden Typen ab!«

»Jetzt geh. Bitte.«

»Nein.«

Ich tue immer noch so, als würde ich schlafen. Obwohl mir das bei dem Gekreische sicher niemand abnimmt. Meine Augen sind mittlerweile offen, trotzdem ist es schwarz – natürlich. Ich drücke meinen Kopf, so unauffällig wie möglich, immer fester in das Kissen. Eine Federspitze, die sich durch den Kissenbezug gebohrt hat, stößt mir in die Pupille. Mein Auge tränt. Es tut höllisch weh. Ich gebe keinen Mucks von mir.

»Okay, ich warte unten.«

Mann, ist das peinlich. Da kann ich mir nachher toll was von den Jungs anhören. Wer ist überhaupt diese Nervtante? Das Zimmermädchen? Quatsch.

»Aber in zwei Minuten seid ihr da.«

»Jaha. Schwesterherz.« Zum Glück nicht die Mutter.

Die Tür fällt zu. Abgang Hysterisches-Schwesterherz-Etwas. *SIE!* tut – netterweise – so, als ob es immer noch nötig wäre, mich zu wecken. *SIE!* krault mich doller. Nicht mehr mit den Fingerkuppen, sondern mit den Spitzen. *SIE!* küsst mich erst auf den Hinterkopf. Dann auf mein Ohr. Ich tue – feigerweise – so, als ob ich gerade erst durch ihr Wecken wach werde. »Mmmmmhhhh ... Guten Morgen!«

»Gut gepennt, Pennerchen?«

Süß sieht *SIE!* aus, verschlafen im Morgenlicht.

Ich glaube, wir sind zusammen.

hope
you don't
break
my heart
of stone

oasis

Zwei
Krank

Regen schlägt gegen die Scheibe. Die Tropfen müssen sehr hart sein. Vielleicht haben sie einen kleinen Eiskern in ihrer Mitte. Es klingt, als ob jemand im Nanosekundentakt mit Stecknadeln gegen die Scheibe klopft. *SIE!* schläft. Liegt, ruhig atmend, mit ihrem Kopf auf meiner Brust. Alle zwei Sekunden kräuselt *SIE!* ihre Nase. Lächelt. Mein linker Arm liegt unter ihrem Oberkörper. Etwas, ich glaube ihr rechtes Schulterblatt, schneidet in meinen Bizeps. Aber mein Arm will nirgendwo anders sein.

Ich bin krank. Seit neun Tagen liege ich komplett flach und reihere mir die Organe aus dem Leib. Erstens real: weil ich eine fiese Magenverstimmung habe und alles, was ich zu mir nehme, in fünf Minuten verflüssige und dann auskotze. Zweitens metaphorisch: weil nach einer knappen Woche Non-Stop-Dauerglotzen das Gehirn so sehr aufweicht, dass man anfängt *Vera*-Gäste zu verstehen.

SIE! besucht mich jeden Tag. Obwohl es in meiner Wohnung hart nach Buttersäure stinkt, ich nach altem

Schweiß miefe und *SIE!* in einer Woche Klausuren schreibt. Heute war eigentlich kein Besuchstag. Tagsüber wollte *SIE!* lernen. Später mit ihrer Schwester und ein paar Freundinnen auf eine Geburtstagsreinfeiergartenparty gehen. Das tat *SIE!* auch alles, setzte sich aber nach zwanzig Minuten Gesichtschieben, unter Protesten ihrer Freundinnen und Schwester, in ein Taxi und fuhr zu mir. »Ich muss doch meinen Kleinen pflegen«, sagte *SIE!*, als *SIE!* unverhofft und unangemeldet um 22.00 Uhr vor der Tür stand.

Aus der Videothek hatte *SIE!* alle drei Teile des *Paten* mitgebracht, dazu Häagen-Dazs-Cookies&Cream-Eis, Apfelschorle und Orangensaft – so süß wie sinnlos.

Kaum in der Wohnung begann *SIE!* zu rotieren. Dieses zärtlich-aggressive Frauenrotieren, bei dem man als Junge immer so tut, als würde es einen nerven, obwohl es sich so warm und weich wie der Lenor-Bär anfühlt.

Erst zog *SIE!* mir einen Pulli an, weil man ihrer Meinung nach bei meiner Krankheit schwitzen muss. Schüttelte meine Decke aus, was mir tierisch peinlich war, da sich unter jener über den Tag mindestens 25 Furze angesammelt hatten. Dann öffnete *SIE!* das Fenster, kippte meinen Göbeleimer weg (der zwei Minuten vor ihrem Eintreffen noch mal seinen Zweck erfüllen musste) und kümmerte sich um die Fertigpizzareste, die unter mein Bett gefallen waren. Dass die meisten von ihnen mindestens neun Tage alt waren, ignorierte *SIE!* freundlich.

Zwischen den Arbeitsgängen kam *SIE!* immer wieder zu mir. Streichelte meinen Kopf. Küsste mich. Schließlich holte *SIE!* den kleinen Fernsehtisch aus meinem Wohnzimmer, stellte ihn neben das Bett und drapierte darauf ihre Mitbringsel.

Nach getaner Schwesternarbeit kramte *SIE!* aus meinem Schrank eine durchlöcherte graue Trainingshose und ein altes V-Ausschnitt-T-Shirt hervor und machte sich bettfein. Ich mag es, wenn *SIE!* meine Sachen trägt, aber ich liebe es, wenn *SIE!* sich vor mir umzieht. Ich starre *SIE!* an. Bewundere ihren Hintern. Falle in ihren Bauch. Zerspringe vor Freude, dass ich der Einzige bin, der diese Knieinnenseiten berühren darf.

SIE! genießt meine Blicke. Glaube ich. Tut aber, als ob *SIE!* nichts merkt. Ich ziehe mich nie vor ihr um. Selbst nach dem Sex warte ich immer, bis *SIE!* den Raum verlässt, ziehe mir dann flugs meine Boxershorts unter der Decke an. Ich weiß nicht, warum. Auch das merkt *SIE!*, glaube ich, sagt aber nie etwas dazu.

Bevor sie ins Bett sprang, packte *SIE!* noch den ersten *Paten* in den Recorder. Obwohl klar war, dass *SIE!* schon während des Vorspanns einschlafen würde.

SIE! springt immer ins Bett. Es ist nie ein Hinsetzen und Unter-die-Bettdecke-Drehen. Kein Ins-Bett-Gleiten oder mal nur ein einfacher Hüpfer. Immer nimmt sie Anlauf und springt mit einem Riesensatz hinein. Wenn *SIE!* gelandet ist, baut *SIE!* sich umgehend ihre Schlafposition. »Kuhle«, wie *SIE!* es nennt. *SIE!* schlingt meinen linken Arm um sich, greift mit beiden Händen meine Hand. Und legt ihren Kopf in die Mulde, die zwischen Schulter und Oberkörper entsteht. Dann sagt *SIE!*: »Die Kuhle gehört nur mir« und »so mag ich das« und schließlich »schlaf gut« und küsst in die Luft.

halt mich, nur ein bisschen, dass ich schlafen kann

herbert grönemeyer

Drei
Warum lieben

Ring. Ring. Ring. »Ich wollte deine Stimme noch mal hören. Bis morgen.« Klick. Tut. Tut.

Es ist Sonntag. In ein paar Stunden ist Montag. Wir haben den ganzen Tag zusammen verbracht. Sind aufs Land gefahren. Haben uns an einen See gelegt und Zeitungen gelesen. Nicht viel geredet. Uns oft berührt. Ist man verliebt, wirkt Stille manchmal peinlich. Aber Lieben ist ruhig nebeneinander sein und sich dabei wohl fühlen.

Als es kühler wurde, gingen wir in ein nicht gefallsüchtiges Gasthaus essen. *SIE!* bestand darauf, zu zahlen. Irgendwann brachte ich *SIE!* dann nach Hause. Eine halbe Stunde nach irgendwann setzte ich mich zu Hause in meine Badewanne.

Ich lege immer ein Handtuch auf die Grenze zwischen Bad und Flur, da, wo die Kacheln in das Parkett übergehen. Wenn das Telefon klingelt, kann ich sofort aus der Wanne springen. Es könnte schließlich *SIE!* sein. Dann stelle ich mich auf das Tuch, drücke die Füße fest auf und gleit-renne schnell und ohne auf das

Holz zu tropfen zum Telefon. So, wie jetzt auch. Wieder was gelernt: Glück ist, nass und nackt in seiner Wohnung auf einem Handtuch zu stehen.

Ich binde mir das Handtuch um die Hüften und gehe zurück ins Bad. Abgekühlte, mit Seife versetzte Wassertropfen strömen meinen Oberkörper hinunter. Werden schließlich von dem blauen Frottee um meine Hüfte oder meinem tiefen Bauchnabel aufgefangen. Meine Lippen fühlen sich weiß-blau an. Ich versuche mir die Zähne zu putzen, aber es klappt nicht. Ich kann einfach nicht aufhören zu grinsen. Die Paste läuft mir aus dem Mund und landet in großen Tropfen auf meinem rechten Fuß.

Ich hätte *SIE!* jetzt so gerne hier. *SIE!* könnte mir zum hundertsten Mal ihren Lieblingswitz erzählen: Kommt Jörg Haider in eine Buchhandlung und sagt: *Hallo, ich hätte gerne von Erich Kästner ›Das fliegende Klassenzimmer‹*. Sagt der Verkäufer: *Soll ich es einpacken oder wollen Sie es gleich hier verbrennen?* Bei »gleich hier« würde *SIE!* spätestens anfangen selbst zu lachen. Wie immer.

Ich könnte ihr beim Baden zusehen. Oder *SIE!* einfach nur anschauen und wieder einmal feststellen, wie bezauberndwunderschön *SIE!* ist.

SIE! ist eine Ganz-oft-Hinguck-Schönheit. Beim ersten Kennenlernen fällt *SIE!* einem als äußerst attraktiv auf. Ihr ebenes, irgendwie schwedisches Gesicht.

Die lockigen, hellbraunen Haare. Ihr prinzessinnenhafter Mund. Und bei jedem erneuten Hinschauen entdeckt man trotzdem noch etwas Neues, nicht Schöneres, sondern genauso Wundervolles an ihr. Es ist wie bei Sisyphos, nur nicht mit einem Felsbrocken, sondern mit unendlich vielen bezaubernden Schönheitsdetails.

SIE! hat eine kleine Haarsträhne im Nacken, die ein bisschen heller ist als ihr restliches Haar.

Über ihrer rechten Braue ist eine kleine Narbe.

Ihre Augenfarbe richtet sich nach dem Wetter. Sind sie morgens blaugrau, wird es regnen, haben sie einen Grünstich, wird es sonnig.

Je öfter man *SIE!* ansieht, desto schöner wird *SIE!* – das trifft wirklich nicht auf viele Menschen zu.

Wenn wir ausgehen, merke ich, wie Jungs und Männer *SIE!* anstarren, danach aber ganz schnell wegblicken und sich umschauen. Als ob sie etwas Verbotenes getan haben oder glauben würden, dass nur sie fähig wären, ihre Schönheit zu erkennen. Sie benehmen sich, als ob sie ein Geheimnis bewahren müssten.

Ich will nicht schlafen. Sonntag läuft nichts in der Glotze, und Hunger habe ich auch nicht. Ich schalte meinen Computer an. Rufe das Internet auf.

Ist Ihr Partner treu? Liebt er Sie wirklich? Machen Sie den Test, gleich hier im Netz! steht in einem kleinen Fenster, das sich auf der AOL-Startseite geöffnet hat. Über dem Text pulsiert ein rotes Herz mit einem schwarzen Fragezeichen in der Mitte.

Eigentlich heißt es doch: *Love is the answer.* Aber wenn Liebe die Antwort ist, warum wirft sie dann so verdammt viele Fragen auf? Und ganz nebenbei, wenn die Liebe doch mal antwortet, dann nur in Form eines rosa Schwamms und auf Fragen, die sie selbst gestellt hat.

Ich lehne mich zurück, und obwohl ich beschlossen hatte, erst Montag wieder damit anzufangen, beginne ich zu denken: Warum liebt man überhaupt? Warum liebe ich *SIE!*? Ist es ihre Walt-Disney-Mimik? Weil *SIE!* mit Kindern und Tieren so süß umgeht? Weil die Chemie stimmt? Weil *SIE!* mein bester Freund ist? Weil ich mit ihr in das teuerste Restaurant der Stadt *und* in eine Dönerbude gehen kann? Weil *SIE!* am ganzen Körper gezittert hat, als *SIE!* mir sagte, dass *SIE!* in mich verliebt sei? Ist es, weil *SIE!* so warm strahlt, dass Fremde ihr sofort alle Probleme erzählen?

you're
all i

Oder verliebt man sich in einen geilen Arsch? Oder einen brillanten Gedanken?

Ich glaube, entscheidend ist: Bei irgendjemandem fühlt man sich einfach zu Hause.

Tuuut. »Hey, Kleine, ich wollte auch noch mal deine Stimme hören. Bis morgen.« Klick.

eed

method man

o get by

Vier
Streit

Es ist Samstagabend. Aber ich fühle mich wie Montagmorgen. Wir haben uns gestritten.

Ich fahre durch die Innenstadt und weiß nicht, wohin mit mir. In meinem Auto riecht es nach trockener Heizungsluft und sauren Gurken. Ich habe mir bei McDonald's etwas zu essen geholt. Ich pule immer die Gurken von den Burgern. Während der Fahrt ist mir dann eine runtergefallen. Genau in die Ritze zwischen Handbremse und Beifahrersitz. Ich versuchte erst gar nicht, sie da rauszuholen. Im Radio wird nur Bon Jovi gespielt und alle Ampeln kennen ausschließlich die Farbe Rot. Seit fünf Minuten warte ich auf Grün. Seltsamerweise steht auch die Fußgängerampel die ganze Zeit auf Rot. Ein Obdachloser wartet auf der rechten Straßenseite. Sein Gesicht sieht wie das unaufgeräumte Zimmer eines Alkoholiker-Kindes aus. Auf sein zerfetztes Jackett hat er sich Aufkleber geklebt, in drei geraden Reihen, wie Orden auf amerikanischen Uniformen. Er kämmt sich die Haare. Als die Fußgängerampel auf Grün springt, lächelt er, dreht sich um und geht in die andere Richtung.

Der Abend fing eigentlich ganz gut an.

Andy, ein Freund, hatte seinen Fernseher in den Garten gestellt. Wir guckten Champions League und grillten dabei. Über Andy kann man nicht viel sagen: Er hat so viele Mitesser im Gesicht, dass es aussieht, als hätte er einen Dreitagebart. Das Wildeste an Andy ist, dass er seinen Siegelring auf dem Mittelfinger trägt – manchmal.

Wenn man mit Jungs Fußball guckt, dann läuft das eigentliche Spiel nicht in, sondern vor der Glotze ab. Wer macht die lustigsten Sprüche zu den Spielerfrisuren? Wer sieht das Abseits schneller als der Schiri? Wer kennt die besten Hintergrundgeschichten zu den Spielern? Alle haben sich am Tag davor noch schnell die *Sport-Bild* gekauft, geben mit irgendwelchen aus dem Internet auswendig gelernten Daten an (»Das war genau wie ’93 im Endspiel…«) und rühmen sich mit eigenen hanebüchenen Stories vom deutschen Feld der Ehre (»In der F-Jugend hatte ich ein Angebot von HSV. Neh, jetzt wirklich!«). Es herrscht eine schwuchtelige Hooligan-Stimmung, alle reden halbzeitpausenlos durcheinander und vom Spiel kriegt man nichts mit.

Für später war ich mit ihr verabredet.

In der Halbzeitpause rief ich *SIE!* an. Obwohl wir schon ein paar Monate zusammen sind, fühlt sich jeder Anruf wie der erste an. Die Pieptöne erscheinen endlos lang, und wenn ich ihr »Hallo« höre, fühle ich ein so warmes Glück, das unmöglich zu beschreiben ist.

SIE! war gut gelaunt und auf dem Heimweg von einer Freundin. Ich sagte, dass ich Lust hätte, mit ihr »was Ruhiges« zu machen. *SIE!* antwortete so etwas wie: »Zum Glück! Ich habe gehofft, dass du nicht ausgehen willst, dann machen wir heute entspannt. Ich freue mich ganz doll auf dich.«

So weit – so gut.

Ich guckte weiter Buffen. Dass mein Team schlecht spielte, war mir komplett egal. Obwohl meine Mannschaft mit einem Tor hinten lag, konnte ich es nicht erwarten, dass die Nachspielzeit endlich aufhörte. Die Jungs taten netterweise noch so, als wollten sie mich überreden mit ihnen wegzugehen – obwohl sie genau wussten, dass es sinnlos war. Ich hatte sogar Lust. Aber nicht im Geringsten so viel Lust, wie *SIE!* zu sehen.

Beim Abpfiff saß ich schon im Auto.

Während ich ausparkte, rief ich *SIE!* an, um zu fragen, ob ich was mitbringen soll. Stille am anderen Ende. Ich dachte, der Empfang wäre schlecht. Schüttelte mein Telefon (warum, weiß ich nicht) und sagte ein paarmal »Hallo?«. Als ich gerade auflegen wollte, druckste es aber aus meinem Handy: »Stephanie will, dass wir mit ihr ausgehen.«

Ich hielt das für eine reine Info und entgegnete: »Ja, schade. Können wir ja nächste Woche wieder machen. Was soll ich denn nun mitbringen?«

»Komm, lass uns doch bitte mit ihr ausgehen.«

Spätestens jetzt war klar, dass »was Ruhiges« heute Abend nicht drin sein würde.

»Ich dachte, du hast keine Lust ...?«

»Hab ich auch nicht. Aber Stephanie will, dass ich mitkomme. Es bringt ihr mehr Spaß, wenn ich dabei bin.«

»Na und? Wir müssen uns doch nicht dauernd nach deiner Schwester richten.«

»Okay. Dann machen wir eben nichts zusammen!« Und dann legte *SIE!* auf.

Ich gebe Gas. Rede, schreie mit mir selbst. Das mache ich in letzter Zeit öfter. Jetzt mal im Ernst: Was bringt es, wenn man einen Lebensabschnittspartner hat, in den man verliebt ist, und dann jedes Wochenende ausgeht? Überhaupt gar nichts!

Geht man alleine weg, fragt man sich die ganze Zeit, was man da soll. Tut so, als ob man Spaß hat, damit einen seine Freunde nicht hinter dem Rücken »Spaßbremse« nennen, und guckt seinen besoffenen Freunden zu, wie sie versuchen, Frauen kennen zu lernen, während das Glück alleine schläft oder auf einer anderen Feier angegraben wird.

Zusammen wegzugehen macht genauso wenig Sinn. Man muss die ganze Zeit aufpassen, nicht zu viel aufeinander zu hängen, weil man dann nur noch »das Pärchen« genannt wird. Zu viel mit anderen darf man – natürlich – auch nicht reden. Das wird vom Partner oder dem Umfeld gerne mal falsch interpretiert, was zwar egal sein sollte, aber leider oft scheißgefährlich ist. Egal ob man zusammen oder getrennt weggeht, nach Hause darf man dann auch erst frühestens um vier. Dann ist der Party-Break-Point. Dann entscheidet sich alles. Dann musst du als Single spätestens ein »Projekt« haben, sprich: eine (scharfe) Frau beziehungsweise einen (süßen) Typen. Ist man leer ausgegangen, geht man als Frau selbstbewusst tanzen und als Junge cool saufen.

Der Party-Break-Point ist die einzige Phase, in der man auch als Pärchen Spaß hat. Genüsslich bis gehässig schaut man Feind und Freund zu, wie sie sich beim anderen Geschlecht chancenlos abstrampeln, einen wohlverdienten Korb kriegen und dann irgendwas von »Die Alte ist bestimmt lesbisch« oder »Der Typ weiß nicht, was er will/verpasst« erzählen. Der größte Spaß ist natürlich das wohlige Gefühl, für Sex nicht mehr so hart arbeiten zu müssen.

Nur weil die anderen ab jetzt beschäftigt sind, heißt das aber leider nicht, dass man um Punkt vier mit seiner Liebsten alleine ist. Das Tschüß-Sagen zieht sich noch mindestens über eine halbe Stunde hin (»Eeeeeey, haut ihr schon ab oder was? Bleibt doch noch!«), und natürlich will niemand das uncoole Paar sein, das als erstes geht. Und so weiter und so fort. Darauf habe ich heute echt keinen Bock.

Ich möchte endlich mal wieder einen ganzen Abend mit ihr alleine sein. Ihr davon erzählen, dass meine Eltern sich wieder mehr streiten. *SIE!* halten. Gehalten werden. Ihr beim Essen zusehen. Mitbekommen, wie *SIE!* einschläft.

Seit drei Wochen arbeitet *SIE!* bis spät in die Nacht an irgendeiner Hausarbeit. Hat *SIE!* frei, geht *SIE!* zum Sport oder trifft sich mit ihren Freunden. An den letzten drei Wochenenden haben wir keine Party ausgelassen. Also ganz klar: Ich bin im Recht. Und *SIE!* nicht.

SIE! hat bestimmt ein schlechtes Gewissen.

Ich jedenfalls habe eins.

Wo ich mittlerweile bin? Weiß ich nicht. Wie spät es ist? Auch nicht. Und es interessiert mich nicht. Interessant dagegen ist, dass seit geraumer Zeit die Benzinanzeige blinkt und ich keine Tankstelle finde. Egal wie lange man in einer Stadt wohnt, man kennt nur seine Wege. Von der Arbeit nach Hause, von da in die Innenstadt. Kommt man von den traditionellen Straßen ab, befindet man sich in einer vollkommen anderen Welt.

Ich brauche ein Navigationssystem. Eins fürs Auto. Eins für mein Leben.

Es macht mir höllische Angst, wenn wir uns gestritten haben. Wie ich mich benehme, wenn wir uns gestritten haben. Ich bin zu nichts fähig. Gelähmt. Als hätte mich jemand in einen Stahlschleier gewickelt und ein 100-Kilo-Gewicht an mein Hirn gehängt. So hilflos, wie ich mich gefühlt habe, wenn ich als Kind Streitereien meiner Eltern mitbekommen habe.

SIE! berührt es gar nicht, wenn wir uns streiten. Glaube ich. *SIE!* lebt ihr Leben einfach weiter und wartet, bis ich mich melde. Ich bin immer der Erste, der anruft.

Wir streiten uns sehr oft. Darüber, dass *SIE!* ihrem besten Freund ständig irgendwas schenkt und ich selbst zu Ostern nichts bekommen habe. Darüber, das, sobald ihre Schwester ruft, *SIE!* alles, einschließlich mich, sofort stehen und liegen lässt. Dass *SIE!* ohne mich in den Urlaub fahren will. Dass ich der Einzige in ihrem Umfeld bin, dem *SIE!* keinen Spitznamen gibt. Dass mehrere Geschenke und Fotos ihres Exfreundes noch in ihrer Wohnung rumstehen. Dass ich mich so oft verliebter als geliebt fühle und *Sie!* mich behandelt wie ein Student sein Girokonto – meistens im Minus und wenn es gut läuft auf null.

Ein Streit läuft, egal welches Thema, bei uns immer gleich ab: Es gibt etwas, das mich ärgert. Erst mal sage ich natürlich tagelang nichts, weil mir meine Eltern beibrachten, ich müsse Kompromisse eingehen, den Mittelweg, und währenddessen noch das Beste für alle finden.

Beispiel Exfreund-Foto: Nicht genug, dass schon vor mir einer mit ihr Sex gehabt hat. Muss ich diese zu allem Überfluss auch noch sehr gut aussehende Visage jeden Tag ertragen?

Irgendwann ist es mir zu viel und reicht. Ein Hundertstel eines Tropfens bringt dann ein gewaltiges Fass zum Überlaufen. Der Name des Ex in einem Spielfilm reicht schon – ich werde sauer. Beschwere mich. *SIE!* weiß nicht, was auf einmal mein Problem ist, denn ich habe ja nie was gesagt. Dann findet *SIE!* mein Verhalten irgendwann ganz fies, gemein, unnötig und ich »solle doch meine schlechte Laune nicht an ihr auslassen«. Schließlich erinnere ich mich an meine mittige Erziehung, bekomme ein schlechtes Gewissen und entschuldige mich.

Wenn ich mit meinen Freunden über unsere Streitereien rede, kriege ich immer das Gleiche zu hören: »Das sind doch nur oberflächliche Kleinigkeiten. Solange das Große stimmt ...« Was genau mit »das Große« gemeint ist, weiß ich nicht. Der Spruch ist jedenfalls großer Mist und stimmt nur andersherum: Wenn die Kleinigkeiten nicht stimmen, dann stimmt auch das Große nicht. So müsste es doch heißen.

Ohne zu blinken biege ich nach rechts in eine Einbahnstraße. Falschherum. Der hinter mir hupt. Auf einmal schießt diese Filmszene in meinen Kopf. Immer wieder fährt der gleiche Dialog Achterbahn durch mein Hirn.

Eine Frau fragt einen Mann: »Wann wusstest du, dass sie nicht die Richtige ist?« Er antwortete: »Wir sind mal im Bus am Grand Canyon vorbeigefahren. Ich war so aufgeregt den Canyon zu sehen. Ich fragte, ob ich ihren Platz am Fenster haben dürfte. Aber sie wollte den besseren Platz behalten, obwohl sie schon zweimal dort war.«

Die Einbahnstraße ist sehr eng. Trotzdem schaffe ich es, mit zweimal Rangieren zu wenden.

Ich habe mal eine Liste gemacht. Was für und was gegen diese Beziehung spricht. Ich habe vier Gründe gefunden, um *SIE!* zu verlassen. Und einen, es nicht zu tun. Dieser Grund sticht alles aus und lautet: Ich liebe *SIE!*. Abgöttisch. Denn manchmal zeigt *SIE!* mir etwas. Dann steht *SIE!* abends um sechs vor meiner Tür, lässt hinter ihre Augen schauen und sagt: »Ich will nur bei dir schlafen. Ich liebe dich. Egal, was ich sonst für Mist mache.« Das ist zweimal passiert und waren die Male in meinem Leben, in denen ich mich von jemandem geliebt gefühlt habe, der es nicht musste. Um meiner selbst willen.

Ich fahre an eine Tankstelle und überlege, was ich machen soll. Weiter rumzugurken habe ich keine Lust. Nach Hause kann ich aber auch nicht. *SIE!* wird bestimmt nicht anrufen; säße ich zu Hause, hätte ich aber die traurige Gewissheit. So kann ich mich wenigstens ein bisschen belügen.

Mein Handy vibriert.

Das wird *SIE!* sein!

Ich *wusste* es. Und *SIE!* weiß jetzt auch, dass *SIE!* Unrecht und mich schlecht behandelt hat und bittet mich um Verzeihung. Ich werde hektisch. Drücke meine Füße gerade in den Fußraum, um mein Telefon leichter aus der Hosentasche zu kriegen. Vorsichtig! Ich habe panische Angst, die SMS wegzudrücken.

Menü. Mitteilungen. Eingang.

Ihre Videothek hat Jubiläum – zu jedem Film gibt es eine Packung Tic Tac gratis!

Ich packe einen Gang rein und fahre weiter. Im Rückspiegel sehe ich, wie der Nachtschicht-Tankwart mir kopfschüttelnd nachschaut. In meinem ganzen Leben werde ich nie wieder Tic Tacs kaufen.

»Ich gucke nur, ob *SIE!* schon zu Hause ist«, erkläre ich dem verbliebenen Rest Stolz in meinem Körper, der sich über mich totlacht, seitdem ich entschieden habe, bei ihr vorbeizufahren. »Du bist mir peinlich!«, flüstert Herr Stolz. »Du bist wie eine weinerliche Frau. Ich haue ab.«

Ich stehe vor ihrer Haustür. In ihrem Zimmer brennt kein Licht. Ich stelle die Rufnummernübermittlung aus und rufe *SIE!* an. Mailbox.

Nach kurzem Pseudozögern entschließe ich mich zu klingeln. Die Klingel ist überwuchert mit irgendwelchen Ranken, die am ganzen Haus langwachsen. Sie ist auch niedriger angebracht als normale Klingeln. Ich brauche immer Stunden, sie zu finden.

Es dauert eine Ewigkeit.

Ich klingle noch einmal.

Der Vater öffnet. »Hallo, was machst du denn hier?« Er ist ein lieber Kerl. Er hat schon geschlafen. Trägt nur eine Boxershorts und einen Bademantel. In seinem Gesicht sind Abdrücke von einem Kopfkissen zu sehen. Seine Frau hat ihn und die Familie vor Jahren verlassen. Obwohl ich ihn sehr gern mag, bin ich ungern in seiner Nähe. Er belästigt mich immer mit einem kumpeligen Mitfühlblick. So nach dem Motto: *Mir haben die Frauen auch immer auf der Nase rumgetanzt.*

»Ich wollte zu …«

»Du, die ist nicht da. Die ist mit Stephanie und einer großen Gruppe auf so 'ne Party auf dem Land gefahren. Dauert zwei Tage. Die schlafen auch da. Haben die dir nicht Bescheid gesagt?«

»Doch, natürlich. Muss ich wohl vergessen haben. Schlafen Sie gut.«

»Magst du reinkommen, auf ein Bier?«

»Sehr nett. Aber nein danke. Aber nein. Danke.«

In letzter Zeit, wenn ich im Bett liege, denke ich oft zurück, wie ich als Kind war und was ich damals so alles erlebt und geglaubt habe. Zum Beispiel wenn ich als Kind Liebesfilme gesehen habe, mit zwei Menschen, die sich liebten, sich stritten und nicht mehr zueinander fanden, dachte ich immer, mir könnte so etwas nicht passieren. Ich habe geglaubt, wenn man sich liebt, gibt es keine Probleme. Ich würde einfach zu meinem Mädchen gehen und ihr sagen, dass ich sie über alles liebe. Und da sie mich ja auch liebt, wäre dann doch alles wieder in Ordnung.

Ich war wohl ein sehr dummes Kind.

tell me how it feels to be the one who turns the knife inside of me

aerosmith

Fünf
Irgendwie Urlaub

Man sollte Pornos morgens zeigen. Man hat eh eine Latte, Kinder sind in der Schule und der Tag hat einem noch nicht die Lust genommen.

Noch 187 Kilometer bis nach Hause. Trotz drei Red Bulls bin ich müde. Rechts zischen die Begrenzungspfeiler vorbei und es stinkt, wie so oft auf Autobahnen, nach Kuhmist. Der Mond ist nicht ganz voll. Oben links fehlt ein kleines Stück. Ob abnehmend oder zunehmend, weiß ich nicht. Ich habe vergessen, wie man das erkennt. Ich fahre schon knappe drei Stunden. Nie unter 170. Nur geradeaus. Der Mond bleibt am gleichen Fleck.

Seit einer Stunde benutze ich ausschließlich die Mittelspur. Bei einem Sekundenschlaf habe ich so die beste Chance, noch rechtzeitig aufzuwachen.

Neben schläfrig fühle ich mich auch nicht wohl.

Ich bin auf der Heimfahrt von Dänemark. *SIE!* hatte sich dort mit alten Schulfreunden, die mittlerweile in ganz Deutschland verstreut leben, für drei Wochen ein Haus gemietet. Ganz weit im Norden. In Kittmöller, dem Surferort. Irgendwie ist es nicht zustande gekommen, dass *SIE!* und ich gemeinsam dahin fahren. *SIE!* plante wochenlang munter vor sich hin. Fragte mich, was sie mitnehmen müsse. Ob *SIE!* lieber den Wagen ihre Mutter nehmen solle. Wie ich ihre Bikinis fände. Themen wie: Ob ich Lust hätte mitzukommen, oder warum *SIE!* gerne alleine fahren würde, wurden irgendwie nicht besprochen.

Ich schenkte ihr noch ein Hörbuch. Wir winkten. Dann war *SIE!* weg.

SIE! rief jeden Tag an. Aber von Tag zu Tag wurden die Gespräche um vier Minuten kürzer, während sie gleichzeitig immer zehn Minuten später als am Vortag begannen. Beendet wurden die Gespräche ausnahmslos von fest geplanten Gruppenaktivitäten. Der Satz: »Du, sei nicht sauer, die anderen rufen schon, wir gehen …« ersetzte ab dem ersten Tag das »Tschüss, ich hab dich lieb!«.

Je mehr ich *SIE!* vermisste, desto mehr fand ich es eine Spitzenidee, *SIE!* zu überraschen. Mädchen in RTL-Serien freuen sich über solche Gesten. Natürlich erwischt der Überrascher da auch manchmal seine Freundin mit ihrem Adoptivvater beim Ficken, aber das blendete ich komplett aus. Ich fuhr los.

Irgendwie hat *SIE!* sich gefreut. Nahm mich in den Arm – wie man das so macht. Sagte nette Sachen – die man so sagt.

Ihre Freunde waren okay bis uninteressant. (Auf den

ersten Blick wenigstens keiner, der mir gefährlich werden konnte.) Die Gruppe bestand aus vier Frauen und drei Typen. (Sehr gut! Keine Eins-zu-eins-Aufteilung!) Irgendwie wurde es ganz nett. Wir fuhren alle zusammen an den Strand (*SIE!* legte ihr Handtuch neben meins), gingen nett essen (bei Hin- und Rückfahrt fuhren wir in getrennten Taxen) und betranken uns in einer miesen Feriendisco mit dänischem Bier (nur einmal geknutscht – ging von mir aus). Irgendwie habe ich früher auf solche Dinge nicht geachtet. Geschlafen haben wir in den drei Tagen nicht miteinander. Sind morgens nur einmal Arm in Arm aufgewacht.

Ist das normal?

Ist es krank?

Und wenn es krank ist, wie akut?

Ist es ein Beziehungsschnupfen oder Beziehungskrebs, wenn deine Freundin nach zwei Wochen räumlicher Trennung irgendwie körperlich fremdelt, statt heiß auf dich zu sein?

Ich für meinen Teil war heiß. Aber als Typ ist es eine Todsünde, sich über eine zu geringe Beischlafdichte zu beschweren. Angeblich wollen Frauen doch, dass wir über alles reden, uns öffnen und mitteilen – nur bei diesem Thema sollen wir unsere Fresse halten. Als Junge kann man nur verlieren, wenn man sich über die Unlust der Partnerin beschwert oder auch nur wagt sie darauf anzusprechen. Umgehend bekommt man(n) auf Ewigkeit den »Rücksichtsloser unsensibler Sexrüpel«-Stempel aufgedrückt. Obwohl doch genau das Gegenteil zutrifft. Jungen macht es verrückt, wenn ihre Freundin nicht mit ihnen schlafen will. Für Männer ist die Lust der Frau gleichbedeutend mit ihrer Verliebtheit. So sieht es aus. Von wegen Trieb.

Jetzt wird diese Raststätte schon seit 5 Kilometern angekündigt und ich fahre trotzdem vorbei. Ich verstehe das nicht. Ein goldenes M bahnt sich seinen Weg von rechts nach links auf meinem Rückspiegel. Einen McDonald's gab es da auch? Na toll! Nächste Raststätte: 67 Kilometer. Noch toller.

Ich bin zwei Tage früher als geplant gefahren. Erzählte morgens was von einer Party, auf die ich unbedingt gehen wollte, und fing an zu packen. Alles wurde ganz langsam und vorsichtig in meine zu große Tasche zusammengelegt.

Ich war gespannt, wie *SIE!* reagieren würde. Verwundert oder/und erbost? Würde *SIE!* mich überreden zu bleiben? Ich wäre geblieben.

Verwundert war *SIE!* ein wenig.

Erbost überhaupt gar nicht.

Irgendwie versuchte *SIE!*, mich zum Bleiben zu überreden. Aber eben nur irgendwie. Es war wie eine dieser »Zwei Leute streiten, wer die Rechnung bezahlen soll«-Situationen, in der einer viel zu früh dem anderen die Rechnung überlässt. Sehr unangenehm.

Sowieso, in letzter Zeit zahle ich irgendwie immer unsere emotionalen Pärchenrechnungen. Doch *SIE!* wird nicht satt. Nicht mehr. Es ist kein richtiger Hunger – die Portionen sind ihr vielleicht zu klein geworden.

Noch 138 Kilometer. Ich vermisse *SIE!*.

Nicht nur irgendwie.

was wir brauchen, ist nicht zeit, sondern liebe

söhne mannheims

Sechs
Liebe ist ein Luftballon

Sie! behandelt mich wie Erwachsene einen Luftballon.

Früher, als Kind, ist man vollkommen vernarrt in diese mit Luft gefüllten Plastikhüllen. Wichtig waren nicht die banalen Bestandteile, sondern welchen Spaß man mit ihnen hatte. Kunststoff, Gas und eine Schnur wurden zum Lebensmittelpunkt. Man hegte und pflegte ihn. Heulte, wenn dem bunten Weggefährten langsam das Gas entwich.

Ist die Kindheit zu Ende, sind Luftballons einfach nur Geldverschwendung. Aber auch gar keine Faszination geht mehr von ihnen aus. Mit ihnen zu spielen kommt null infrage.

Ich will ihr wehtun. Darum bin ich hier. Bei ihr zu Hause.

Vor knapp drei Wochen hat *Sie!* Schluss gemacht. In den zwei Wochen vor dem Aus hatten wir uns öfter als normal gestritten und seltener als sonst gesehen. Ich wollte mehr Zeit mit ihr alleine verbringen. *Sie!* mehr mit ihren Freundinnen. Ganz normales Mittzwanzigergenerve – dachte ich.

Es gab keinen Grund zur Beunruhigung, als *SIE!* mich um drei Uhr nachmittags anrief, ob ich jetzt Zeit für sie hätte. Kein Zittern. Kein Belag auf der Stimme. Ich sagte zu. Natürlich.

Es war Freitag. Draußen war es bewölkt. Es nieselte, und ich dachte, alles wird gut.

Ich freute mich darauf, *SIE!* zu sehen. Sprang noch schnell unter die Dusche. Ich wusch mich dreimal unter den Armen. Meine Haare und den Intimbereich jeweils zweimal. Zog mir ein T-Shirt an. Eines, das *SIE!* an mir mochte, und begann mein Schlafzimmer vorzeigbar zu machen. Dabei fing ich an zu schwitzen. Also ließ ich es gleich wieder bleiben.

Klingeln. Endlich! Mit zwei Schritten lag der Flur hinter mir. Ich drückte auf den Summer. Rannte zurück ins Schlafzimmer, um meine Haare zu checken, und machte mich sofort wieder auf den Weg zurück zur Tür.

Ich hatte mir vorgenommen, die Aussprache möglichst kurz zu halten. Lieber wollte ich einen schönen Pärchenabend verbringen. Ich wollte einfach sagen, dass ich *SIE!* sehr liebe und *SIE!* natürlich so viel Zeit mit ihren Freundinnen und ihrem besten Freund verbringen konnte, wie *SIE!* wollte. Danach – hatte ich mir so ausgedacht – würden wir Versöhnungssex haben. Irgendwann später zur englischen Videothek fahren. Ein paar Teeniekomödien ausleihen. Uns an der Tankstelle mit Junkfood eindecken. Zwischen den Filmen dann noch mal Sex haben. Schließlich nackt zusammen einschlafen.

Ich wohne im fünften Stock. Das Treppenhaus sieht aus wie eine mit Rotz verkrustete Nase von innen. Es ist popelgelbgrün gestrichen. Der Boden besteht aus abgewetztem grauen Plastik. In jedem Stock sind Schilder an die Wand geschraubt, auf denen *Frisch gebohnert* steht. Was dreist gelogen ist. Im zweiten Stock wohnt ein Hardcore-Kiffer, den ich noch nie gesehen habe. Auf dem Klingelschild steht *Herr Kempf*. Pünktlich um zwölf, jeden Mittag, beginnt er damit, das Treppenhaus zu verpesten. Das Schlimmste ist aber, dass im Haus anscheinend ein Wettbewerb um die lustigste Fußmatte entbrannt ist. So haben sämtliche Bewohner ihre alten braunen Türvorleger neuerdings gegen welche mit Comicfiguren von Garfield bis *Southpark* ausgetauscht. Einer im dritten Stock hat sich sogar einen sprechenden Fußabtreter im Internet bestellt. Wenn man auf ihn tritt, kriegt man ein uncharmantes »Hau ab!« zu hören. Wundert man sich da noch über den New-Economy-Crash?

Ich hörte, wie *SIE!* sich zu mir nach oben kämpfte. Leises Klappen und Schlurfen. Gefolgt von flachem Geschnaufe. Das Klappen wunderte mich. Denn nach Streitereien war es bei uns ein ungeschriebenes Gesetz, dass man sich als Signal des guten Willens aufhübschte. Für mich hieß das, saubere Sachen über einen gewaschenen Körper zu ziehen. Für *SIE!*, hohe Schuhe tragen. Mindestens Stiefeletten. Solche Schuhe klicken. Klappen heißt Sneakers.

Nur noch eine Treppe trennte uns. 15 Stufen. Direkt auf mich zu.

SIE! schaute mich nicht wie sonst an, während sie die Treppe hochkam. Sie starrte direkt vor sich auf den Boden. Auf der zweiten Stufe murmelte sie etwas, dass ich nicht verstand. Ich fragte: »Was ist, Süße?«

SIE! sagte: »Ich kann das so nicht mehr.«

Erst 20 Sekunden später stand *Sie!* vor mir. Blickte mir jetzt wie auswendig gelernt stramm in die Augen. Manche Leute machen am Telefon Schluss. *Sie!* vom vierten in den fünften Stock.

Ab da ging alles ganz schnell. *Sie!* blieb vor der Tür stehen und legte los. Sagte, dass *Sie!* nicht mehr wollen würde. Aber irgendwann vielleicht wieder. Nur zurzeit hätte *Sie!* das Gefühl, alleine besser klarzukommen. Vollkommen überrumpelt von ihr, der Situation und dem Treppenhaus fiel ich in einen seltsamen Trancezustand. Als ob alle Hormone, Endorphine, Testosteron und wie sie alle heißen, sich mit sämtlichem Adrenalin zu einem lustigen Betriebsausflug durch meinen Körper mit dem Ziel Hirn aufgemacht hätten.

Erst wurde mir heiß. Dann kalt. Ich begann zu schwitzen. Nicht auf der Stirn. Innerlich. Ich fühlte Schweiß in Strömen in meinem Körper hinunterfließen.

In der Ferne hörte ich eine Stimme von Freiheit und Zeit für sich reden. Ihr Körper verschwand völlig. Nur ihr Gesicht, das zu einer seltsam-hübschen, fleischigen Masse verschwommen war, konnte ich noch sehen. In einer Totalen.

Auf einmal hörte ich mich sagen: »Wir haben beide was Besseres zu tun.«

Dann schloss ich die Tür.

Seitdem haben wir uns nicht mehr gesehen. Nicht telefoniert. Einen seierigen Brief mit tröstenden Erklärungen, wie »Ich liebe dich zu sehr«, habe ich auch nicht bekommen. Es ist doch auch egal, warum jemand Schluss macht. *Sie!* ist nicht mehr da. Das zählt. Die angeblichen Gründe sind nur Verpackungen für die banale, aber schreckliche Wahrheit. Wie tolles Geschenkpapier für ein lieblos ausgesuchtes Geschenk. *Sie!* liebt mich nicht mehr. Das ist der Grund. Wenn man verliebt ist, macht man alles. Nur nicht Schluss.

Nun stehe ich, mich umschauend, in ihrem Schlafzimmer. Dieselben irgendwann mal weiß gestrichenen Wände, die jetzt wie vergilbte Zähne erscheinen. Derselbe beige Teppich mit dem Milchfleck, der sicher immer noch anfängt zu riechen, wenn es warm wird. Derselbe Schreibtisch mit Metallgestell und Glasplatte. Alles hier ist viel schöner als die Erinnerung daran. Es ist, als ob ich die besondere und einmalige Schönheit dieser Möbel nie gewürdigt habe, als ich es noch durfte.

Ich habe eine Tüte mit ihren Sachen gepackt. Aus zwei Gründen:

1. Ich will, ich muss *Sie!* sehen. Daran führt kein Weg vorbei. Dafür brauche ich aber einen Grund, der halbwegs plausibel ist. Mich nicht wie das letzte Weichei aussehen lässt.
2. Ich will Emotionen sehen. Sehen, dass *Sie!* mich geliebt hat. Sehen, dass ich *Sie!* noch verletzen kann. Wenn ich schon nicht mehr das Recht habe, *Sie!* zu berühren.

Ihren ganzen Kram habe ich in eine Tüte geschmissen und mich unangemeldet auf den Weg gemacht. Ihre gelbe Dr.-Best-Zahnbürste mit verschieden langen Borsten, zwei Schlaf-T-Shirts und ein *Friends*-Video. Drei Bücher (von denen zwei ziemlich sicher mir gehören) und meinen Joker: einen knallroten Plüsch-Hummer aus Sylt. Vom Fischstand *GOSCH* am Lister Hafen. Den hat *Sie!* mir zu einem Monatsjubiläum geschenkt. Eigentlich ein indiskutables Ding. Leider »total süß«, wenn man verliebt ist und es so total »spontan« kauft. Das wird *Sie!* umhauen. Da bin ich mir sicher.

Während *Sie!* In der Küche genervt eine Verabredung verschiebt (doch wohl nicht mit einem Typen?), überlege ich, wie ich ihr die emotionale Wundertüte am besten überreichen soll. Entweder ich ziehe einzeln, wie ein Zauberer aus seinem Hut, alles heraus. Oder ich werfe die Tüte mit einer gesunden Mischung aus Theatralik und Ambitionslosigkeit auf ihr Bett. Vorteil beim einzelnen Herausnehmen wäre, dass ich in jedem Fall ihre Reaktion auf den Hummer mitkriegen würde. Der Nachteil, dass offensichtlich ist, dass ich die Reaktion auf den Hummer mitkriegen will. Vorteil beim Tüte-Hinschmeißen: Kann souverän und »drüber weg« rüberkommen.

Ich beschließe, den Hummer ganz oben in der Tüte zu positionieren. Direkt auf der glatten und harten Oberfläche der Bücher (*meiner* Bücher). Der Hummer soll beim Schmeißen herausfallen. Nahe an genial, würde ich sagen.

Sie! betritt den Raum, doch nicht ganz. *Sie!* bleibt kurz vor der Tür stehen. Ihr linker Arm baumelt fast leblos an ihr hinunter. Mit der rechten Hand hält *Sie!* sich am oberen Türrahmen fest. *Sie!* ist nicht geschminkt. Das mag ich. Unter ihren Achseln sind ganz kleine Stoppeln zu sehen. Frisch verliebt ist *Sie!* also nicht.

»Was hast du in der Tüte?«

So locker flockig, wie es mir möglich ist, schmeiße ich die Tüte auf ihr Bett. Mit einem Plopp landet sie mit der Unterseite auf der gelben Tagesdecke. Fällt dann ganz langsam nach vorne. Wippt kurz nach. Bleibt liegen.

»Deine Sachen.«

Ich linse zum Bett. Der Hummer ist nicht aus der Tüte gefallen. Nur eine Klaue guckt heraus. *Sie!* setzt sich mit dem Rücken zum Bündel auf das Bett und atmet ein genervtes »Willst du reden?« aus.

»Nein. Aber danke für das Angebot«, sage ich und versuche noch genervter zu wirken als *Sie!*.

Sie! dreht sich um und beginnt in der Tüte zu kramen. Etwas zu gleichgültig für meinen Geschmack sagt *Sie!*: »Auch den Hummer? Das war doch ein Geschenk.«

»Tolles Geschenk. Den hast du doch nur gekauft, weil du vorher nichts besorgt hattest.«

»Wenn du meinst. Ich finde, es ist ein Geschenk. So etwas gibt man nicht zurück. Das macht man nicht.«

»Man macht auch nicht grundlos Schluss.«

Ja! Ich glaube, *das* hat gesessen. Glaube, ihr Kinn hat gezittert. So wie bei einem Kind, das gleich anfängt zu weinen.

Ich bin gut dabei. Zwar kein K.-o.-Schlag, doch ein paar linke Haken haben gesessen. Darum schiebe ich schnell ein »Ich hau ab.« hinterher.

»Wo ist der Pulli?«

»Der bitte was?«

»Du weißt schon. Der Stüssy-Pullover, den ich dir geschenkt habe. Den will ich auch zurück.«

»Das ist jetzt nicht dein Ernst.«

»Und wie! Wenn schon, dann will ich alles wiederhaben.«

»Das ist das Erste, was du mir geschenkt hast! Das ist mein liebster ...« Ich merke, wie meine Beine einknicken und der Ringrichter mich anzählt. Zum Heul-K.-o. sind es nur ein paar Sekunden.

»Wir fahren jetzt zu dir und holen den.«

Ich drücke noch ein »Meinetwegen« heraus. Stehe auf und verlasse das Zimmer, obwohl *Sie!*, mittlerweile im Türrahmen stehend, mir nicht viel Platz lässt, ohne *Sie!* zu berühren.

Wir sind in getrennten Wagen gefahren. *Sie!* natürlich voraus. Peinlich darauf bedacht, an den Ampeln nicht in den Rückspiegel zu schauen und extrem gut gelaunt zu wirken.

Sie! steigt nicht aus ihrem Wagen. Kommt nicht mit rein. »Beim Schlussmachen ist sie wenigstens noch die Treppen gestiegen«, maule ich vor mich hin, als ich meine Wohnung aufschließe. Soll ich ihr den Pulli aus dem Fenster zuwerfen? Nein. Ich beschließe, den Rest Souveränität zu bewahren, und tapere wieder hinunter, den Pullover zusammengeknüllt in der rechten Hand. Nur einen Spalt öffnet *Sie!* ihr Autofenster. Schaut mich nicht an. Als der Pulli ihre Hand berührt, gibt *Sie!* Gas.

Diesen Kampf habe ich ohne Zweifel verloren. In der ersten Runde sah es noch so aus, als ob ich Chancen hätte. Doch gegen den amtierenden Weltmeister im Schwer-»Beziehungsspielchen-Spielen«-Gewicht ging gar nichts. Noch verliebt zu sein ist in so einem Fight aber auch ein Handicap wie zwei gebrochene Hände beim Boxen.

Ich lege mich schlafen. Das ist das Einzige, was wirklich hilft, wenn man traurig ist. Das Einschlafen aber ist hart. Keine Einflüsse von außen. Nur du und Schmerz. Bilder von ihr und dir. Bilder von ihr mit anderen Typen. Bilder du allein. Und im Hals dieser in Säure eingelegte Tennisball.

Hat man sich aber ein paar Minuten durch dieses Labyrinth aus Ekelgedanken gequält, ist man für Stunden frei.

Ich habe nicht geträumt. Oder ich kann mich nicht erinnern. Draußen ist es schon dunkel. Stockfinster sogar. Ich höre keine Autos fahren. Es muss nach zwei sein.

Ich will noch etwas essen. Ziehe mir noch im Dunkeln eine Hose und Schuhe an. Das T-Shirt, das *Sie!* immer besonders an mir mochte, ist vom Schlafen völlig verschwitzt. Jacke drüber. Zu McDonald's. Ab dafür. Der McDonald's-Fraß ist wie Wichsen: kein echter Genuss, keine echte Befriedigung. Man macht beides, weil man halt muss.

Ich öffne die Haustür. Im Flur brennt kein Licht.

Meine Fußmatte fühlt sich seltsam weich an. Als ich das Flurlicht einschalte, sehe ich, dass ich nicht auf meiner Fußmatte stehe. Sauber zusammengelegt liegt da der Stüssy-Pullover. Im Kragen sitzt der Hummer und glotzt mich verständnislos an.

Ich werde noch hungriger.

given time
we'll
forget
let's
pretend
we
never met

robbie williams

Sieben
Die Welt hat Liebeskummer

Es gibt Milliarden von Menschen. Hunderte von Völkern. Unzählige Meinungen, Lebenseinstellungen, Werte und Erfahrungen. Verschiedene Religionen. Viele Formen der Liebe. Und nur eine Sache, die alle Menschen vereint: Liebeskummer. Kummer, entstanden aus Liebe, ist das einzige Band, das alle miteinander verbindet. Irgendwas muss da falsch gelaufen sein.

Ich habe mich zu dünn angezogen. Unter meiner Jeansjacke trage ich nur ein T-Shirt. Die Sonne scheint. Aber sobald sie hinter den Wolken verschwindet, die wie die benutzten Wattepads aus der Clearasil-Werbung aussehen, wird es kalt.

Ich bin irgendwann zwischen fünf und sechs heute Morgen aufgewacht. Draußen war es nicht hell, aber auch nicht mehr dunkel. Die Farbe des Himmels sah aus, als ob ein Tropfen Schwarz in das Blau eines Tuschkastens getropft wäre.

Ich wollte weiterschlafen. Es ging nicht. Immer wieder fetzten Bilder von ihr durch mein Hirn. Ich versuchte alles Mögliche, um wieder zu schlafen. Zog die Vorhänge zu. Machte leise Musik an. Steckte mir schließlich Oropax in die Ohren und setzte eine Schlafbrille auf.

Nichts half.

Ich ergab mich, darin habe ich ja Übung, und stand auf.

Die letzten Tage waren eigentlich ganz okay. Natürlich habe ich ständig an *Sie!* gedacht. Aber heute bin ich eine offene Wunde. Es ist, als würde der Schmerz dagegen kämpfen, meinen Körper verlassen zu müssen. Sich aufbäumen, alles bieten, was er hat, um zu überleben.

Auf dem Weg ins Badezimmer wunderte es mich, dass ich meine Schlaftrainingshose nicht anhatte. Ich war mir sicher, sie gestern Abend angezogen zu haben. Obwohl ich schon unten ohne war, entschied ich mich nicht zu duschen. Draußen zwitscherten ein paar Vögel verpennt vor sich hin.

Beim Zähneputzen fing ich an zu weinen. Verschluckte mich am Zahnpastaschaum. Die Paste schloss sofort meine Luftröhre zu. Ich bekam keine Luft mehr. Ich versuchte durch die Nase zu atmen, aber selbst da war der Schaum durch mein Würgen schon angelangt. Ich nahm panisch einen Schluck aus meinem Zahnputzbecher und spülte den ganzen Knödel aus Schleim, Tränen und Zahnpasta in meinem Hals runter. Japste nach Luft.

Ich versuchte mich im Spiegel nicht anzusehen. Es klappte nicht.

Verquollene, rote Augen. Schlaf an der Wange. Mitesser auf der Nase. Blauer Schaum im Mundwinkel. Liebeskummer hat eine hässliche Fresse.

Dass Uni heute nicht drin ist, war mir schnell klar. Zu Hause bleiben wollte ich aber auch nicht. Also fuhr ich in die Stadt. Irgendwas kaufen. Mit hübschen Verkäuferinnen reden. Mit unfreundlichen Verkäufern Streit anfangen. Ablenken eben.

Doch daraus wird nichts. Die Läden haben noch geschlossen. Eine Stunde bin ich schon wie Falschgeld rumgelatscht. Und jetzt stehe ich hier.

Ein graues Gitter ist vor die Scheibe gezogen. Die Leuchtschrift über der Tür ist noch nicht angeschaltet. Außer einem Schild – *Nachtdekoration* – ist hinter der Scheibe nichts zu sehen. Ihren Ring habe ich hier gekauft.

Ich würde gerne sagen, dass ich zufällig hier vorbeigekommen bin. Dass mich eine unsichtbare Macht hergeleitet hat. Aber das wäre gelogen.

Erinnerungen sind das Einzige, was ich noch von ihr habe. Es fühlt sich gut an, an *Sie!* zu denken. Auch wenn es mir danach noch schlechter geht. Es ist wie mit einem Mückenstich, man muss selbst entscheiden, ob man kratzen will.

Der Ring ist wunderschön. Hauchdünnes Gold mit einem kleinen Diamanten. Wir waren noch keine zwei Monate zusammen, als ich ihn kaufte. Ich war knallverliebt und es war Mittwoch.

Ich saß zu Hause und guckte fern. Bei *Arabella* diskutierten irgendein Kevin und eine im Gesicht tätowierte Transe, wer von ihnen das größere Arschloch sei, als ich auf einmal wollte, dass *Sie!* etwas von mir trägt. Immer bei sich hat. *Sie!* immer an mich erinnert. Der Gedanke ließ mich nicht mehr los.

Wie ferngesteuert schnappte ich meine Sachen und machte mich auf die Suche. Ich peste von Juwelier zu Juwelier. Von Schmuckladen zu Schmuckladen. Ließ mein Auto mitten auf der Straße stehen, wenn ich ein Geschäft entdeckte. Aber nichts gefiel mir. Nichts war gut genug für *Sie!*.

Zu protzig. Zu klein. Zu modisch. Zu spießig.

Ich hatte die Hoffnung schon aufgegeben, als ich eben durch diese Seitengasse ging. Der Laden wirkte von innen noch kleiner als von außen. Innen, über der Tür hingen fünf kleine Glöckchen, die alle einen anderen Ton machten, als die Tür gegen sie stieß. Mitten im Laden stand ein älterer Mann. Über sechzig. Graues Haar, toll gekleidet. Er hatte ein Tweed-Sakko mit Lederbeschlag an den Ellenbogen an. Einen beigefarbenen V-Ausschnitt-Pullover und darunter ein weißes Hemd. Er kam sofort auf mich zu. Lächelte und schüttelte mir fest die Hand. Er bot mir einen Platz in einem riesigen Ledersessel an und brachte mir etwas zu trinken. Bevor ich etwas sagen konnte, hielt er mir den Ring unter die Nase. Mit einer Hörspiel-Erzählerstimme erklärte er mir, woher der Ring stammte, wie toll er gearbeitet sei und was für ein seltenes Stück er doch wäre.

Er war perfekt – und viel zu teuer. Der Verkäufer merkte sofort, was los war. Blieb dennoch freundlich und zeigte mir ein paar andere Ringe. Keiner war aber auch nur entfernt so schön wie der erste. Als der Verkäufer gerade aus einem Nebenraum Nachschub holte, stand ich auf, rief etwas Entschuldigendes in Richtung der geöffneten Tür und verließ schnell den Laden.

Lustlos durchstöberte ich noch ein paar andere Geschäfte. Doch das hatte keinen Sinn mehr. Der Ring hatte sich in mein Hirn gebrannt. Ich guckte auch gar nicht mehr wirklich nach einem anderen Ring – ich suchte einen, der genauso aussah.

»Ich habe gewusst, dass Sie wiederkommen«, sagte der modische Tweed-Greis, als ich die Glocken wieder zum Dingelingen brachte. Jetzt wirkte er nicht mehr ganz so freundlich. Eher überlegen. Ich zitterte am ganzen Körper, als ich ihm meine EC-Karte gab. Ich wusste, dass es das Richtige und zugleich das total Falscheste war, was ich tun konnte. Eigentlich hätte er die Karte auch behalten können; sie war noch genauso viel wert wie eine Plastiktüte. Ich ließ die Schachtel nicht in Geschenkpapier einpacken.

Ich fuhr sofort zu ihr. Raste über eine rote und zig gelbe Ampeln.

Sie! war gerade vom Sport gekommen. Trug ein graues Sweatshirt und war erstaunt mich zu sehen. Ich konnte nicht sprechen. Hielt nur das geöffnete Schächtelchen hin. Ich werde diesen Anblick nie vergessen. Ihre Haare hingen ihr wirr ins Gesicht. Ihre Unterlippe zitterte und ihr Kinn kräuselte sich wie bei einem Kleinkind, das sich nicht zwischen Lachen und Heulen entscheiden kann.

Ein paar Läden weiter öffnet gerade ein Chinese. Ich höre auf zu kratzen und beschließe etwas zu frühstücken.

Asiaten sind wie Rothaarige. Alle sehen gleich aus, nur ein paar sind richtig hässlich. Der Kellner ist einer von der hässlichen Sorte. Seine Zähne stehen wie Kraut und Rüben. Eine schwarz-gelbe, sandige Kruste breitet sich vom Zahnfleisch über die Zähne aus. Auf seiner linken Wange hat er ein schwarzes Muttermal, aus dem zwei fettige Haare wachsen. Zu der Karte bringt er Tee und einen Glückskeks.

»Bis zehn nur Salate«, sagt er und dreht ab. Soll mir recht sein.

Der Tee schmeckt scheußlich. Wie heißes Parfüm mit Motoröl. Ich will ein Wasser bestellen, aber der Kellner ist nirgends zu sehen. Ich beiße in den Keks, um diesen ekelhaften Geschmack zu verbannen. Wird nichts: Der Keks schmeckt nach gar nichts, hat aber die Wirkung, als ob man auf einer Rolle Klopapier kaut. Mein Mund ist staubtrocken.

Bevor ich in die Karte schaue, lese ich den kleinen Zettel, der im Keks steckte. *Der Mensch, den du im Herzen trägst, ist nicht immer der Mensch deiner Träume.*

Vielleicht hätte ich doch in die Uni gehen sollen.

love is a catastrophe look what it has done to me

pet shop boys

Acht
Tattoo

Ich möchte Harald Schmidt nie treffen. Ich habe Angst, es könnte mich enttäuschen. Er ist zurzeit das einzig Gute in meinem Leben.

Heute Morgen wurde ich von einer Medium-Freundin geweckt. Sie rief mich um acht Uhr früh an und erzählte, nein, er*stöhnte* mir, wie sie gestern einen abgehalfterten Daily-Talk-Moderator flachgelegt hat, der die gestörten Vorlieben seiner bescheuerten Gäste übernommen hat. Vor dem Orgasmus hat er sein Ding rausgenommen, sie angespritzt (»So viel wie ein Elefant!«) und schließlich sein Sperma von ihr abgeleckt. Sie fand es ekelig, dass er dabei geschmatzt hat.

Ich finde dich ekelig!

Oft denke ich, dass es nur zwei Arten von Frauen auf der Welt gibt: die, die ich scheiße finde, und die, die mich scheiße finden. Aber dann fällt mir ein, dass es natürlich noch zwei weitere Gruppen gibt. Die Frauen, die mich nicht lieben, und Weiber, die glauben, mir solche Sachen erzählen zu müssen.

Guten Morgen.

Irgendwann später rief Paul an. Seit der Sache auf dem Kiez hatte ich nichts mehr von ihm gehört. Er hatte in einem Club einer Blondine, die ihn hatte abblitzen lassen, die Kreditkarte aus der Handtasche geklaut. Als ich es bemerkte, weil er jedem Kiez-Penner eine Sexpuppe schenkte, gerieten wir in Streit. Ich nahm ihm die Karte ab und schmiss sie in einen Abfalleimer vor Burger King. Dabei sah mich ein Zivilfahnder, der mich eine halbe Stunde später festnahm. Paul lief weg. Obwohl ich ihn deckte und nur mit ganz viel Glück und einem hoch (nicht von mir) bezahlten Anwalt aus der Sache heil und ohne Vorstrafe rauskam, glaubte er, auf mich wütend sein zu können.

Paul ist mittlerweile mit Jenny zusammen. Die beiden werten sich ab: Er sieht ein bisschen prolltürkisch aus, sie ein Stück weit blondtussig. Jenny ist stolz auf ihre Brüste. Paul auch. Wenn sie alleine sind, geht es gerade noch. Zusammen addieren sie sich zum totalen Klischee.

Paul konnte *Sie!* nie ausstehen. *Sie ist ein Vampir,* hat er immer gesagt. Sonst nichts. Nur immer wieder, meist ungefragt: *Sie ist ein Vampir.* Genauso wie jetzt gerade auch. »Sie ist …«, setzt er bereits an.

»Wie ein Vampir?«, werfe ich ein.

»Ja, genau! Wie ein Vampir. Nimm mal meine Freundin – die gibt mehr, als sie nimmt.«

»Also bist du der Vampir in eurer Beziehung?«

Pause.

»Nein, nein, bin ich nicht. Ich bin … ich meine … ich gebe ja auch.«

»Aber du meintest doch eben, dass deine Freundin mehr gibt. Mehr als sie nimmt. Das heißt doch zwangsläufig, dass du mehr nimmst, als du gibst.«

»Was? Mann! Ey … Ist doch egal.« Er versucht vom Thema abzulenken. »Ich finde jedenfalls, du brauchst etwas, was dich immer daran erinnert, wie mies es dir jetzt gerade geht. Eine Art Warnsignal, das dich davor warnt, die immer gleiche Scheiße noch mal zu bauen. Das dir zeigt, dass Liebesglück und Liebeskummer immer irgendwie zusammengehören.«

Wir beschließen, mich tätowieren zu lassen.

Paul klingelt nie. Zehn Minuten bevor er da ist, ruft er vom Handy aus an, damit er einen gleich auf der Straße einsammeln kann. Und nicht warten muss. Er fährt einen schwarzen BMW Z3. Seine Haare sind kurz.

Etwas zu früh lasse ich die Tür beim Zuziehen los. Zu sanft schnappt sie ins Schloss. Statt des satten »Autotür zu«-Geräuschs gibt es dieses ungesunde, mechanische Klicken. Ich muss die Tür noch mal öffnen. Wieder ziehe ich sie zu. Diesmal schneller. Lasse nicht los, bevor die Tür eingerastet ist. Eine peinliche Sekunde wissen wir beide nicht so recht, wohin mit uns. Dann nimmt er mich energisch in die Arme.

»Gut, dich mal wieder zu sehen, Alter.«

»Stimmt«, sage ich. Obwohl es nicht ganz zutrifft.

Ich treffe mich nämlich nur mit ihm, weil die wenigen Freunde, die mir geblieben sind, sich mit allen Mitteln um Treffen mit mir allein drücken. Sie können mein *Sie!*-Gejammer nicht mehr ertragen. Ich rede sie traurig. Und in der Not frisst der Teufel Fliegen. Das gilt auch für Paul und mich. Offensichtlich.

Das Tattoostudio riecht nach Vaseline und Schweiß. Es gibt einen großen Raum, in dem auf Stellwänden Tattooentwürfe gezeigt werden. Hinten rechts in der Ecke ist eine Tür. Sie ist voller Sticker und nur angelehnt. Über ihr brennt eine weiße Lampe, auf der in roten Buchstaben *On Air* geschrieben steht. Aus dem Raum dringt ein unangenehmes Summen, welches mich an Zahnärzte und Paul an die Formel 1 erinnert.

»Hier!«, schreit Paul. »*Das* musst du dir machen.« Er zeigt auf einen grün-orangen Kraken. Er hat vier Arme, die in der Form des Hakenkreuzes abgewinkelt sind. Der Krake hat riesige Augen. Paul lacht. »Willst du dich eigentlich noch vorher besaufen? Tut bestimmt weniger weh.«

»Ich glaube nicht«, sage ich.

Die Ecktür wird aufgestoßen. Ein höchstens 15-jähriges Mädchen, das aussieht wie Britney Spears ohne Implantate und eigenen Stylisten, kommt heraus. Tränen, bereit zum Kullern, nur von der Oberflächenspannung zurückgehalten, glitzern in ihren Augen. Ohne uns anzusehen, ohne sich umzudrehen, rennt sie aus dem Laden.

»Nicht auf die Sonnenbank!«, ruft ihr ein Typ, der Tätowierer, nach. Und schickt noch ein leises »Schlampe« hinterher. Er ist Mulatte, winzig und, soweit ich erkennen kann, nicht tätowiert. Um seinen Kopf fliegt eine lila schimmernde Fliege. Immer wieder landet sie auf seinem krausen Haar, nur um gleich wieder abzuheben. Er scheint sie nicht zu bemerken. Oder es interessiert ihn nicht. Ich verstehe die Dreckskrake jetzt noch weniger.

»Habt ihr euch entschieden?«

»Ja. Ich will das Sternenband um den rechten Oberarm.«

»Das kostet 600 Euro.«

»Oh. Okay. Äh ... Kann ich auch nur einen Stern, den dann aber etwas größer, für vielleicht 200 Euro bekommen?«

»Joh logen. Das geht. Komm mit, Butsche.«

Butsche? Das ist irgendwie totales Anti-Tätowierfeeling, finde ich. Zu Mickey Rourke oder Robbie Williams hat bestimmt niemand *Butsche* gesagt. Ich trotte hinter ihm her. Fühle mich wie ein Boxer, der zum Ring geführt wird. Wenigstens jetzt. Einmal wenigstens. Ich ziehe mir meine Pullikapuze auf den Kopf, balle die Fäuste und spanne meinen Bizeps an.

Mit einer Handbewegung macht er mir klar, dass ich mich in den Sessel in der Mitte des Raumes setzen soll. Der Raum ist viel kleiner, als ich ihn erwartet hätte. Der

Boden ist mit altem Schiffsparkett ausgelegt. Unter dem Sessel liegt ein brauner Teppich. Über mir hängt ein Fernseher. Es läuft irgendeine Gerichtssendung auf Sat 1.

»Warum hast du die Kapuze auf?«

»Nur so.«

»Mach sie weg.«

»Klar. Sofort.«

Ohne mich oder den Tattooheini zu fragen, ob es klargeht, kommt Paul hereingepoltert. Er tritt ganz dicht an mich heran. Seine Schienbeine berühren fast meine Schuhspitzen. Er hat Gift in den Augen. »Warum ein Stern?«

»Einfach so.«

»*Fuck!* Nicht einfach so! Warum den *fucking* Stern?«

»Mann, Paul, lass mich in Ruhe! Okay?«

»Es ist ihretwegen, oder?«

»Spinnst du? Nein, natürlich nicht. Ich wollte mir schon seit den Panzerknackern und Popeye 'n Stern tätowieren lassen.«

»Lüg nicht rum, du dummes Stück Scheiße. Bist du schon so durch, dass du dir euer Symbol unter die Haut spritzen lässt? Glaubst du, das weiß ich nicht mehr? Sag mal, bist du noch ganz dicht? Lass dir sonst was machen, aber nicht das. Glaubst du etwa, sie hört von dem Ding und kommt reumütig zurück? Bist du jetzt total kaputt, oder was?«

Ich schaue zu dem Tätowierer, der immer noch mit

dem Rücken zu uns steht. Paul interessiert ihn anscheinend genauso wenig wie die lila Fliege, die immer noch um seinen Kopf herumschwirrt.

»Ich mag Sterne. So einfach ist das und jetzt halt die Fresse.«

»Scheiße magst du! Und ich dachte, du wärst wieder zu gebrauchen. Ich verstehe nicht, was du an dieser Frau so liebst. Ich hau ab.«

Weg ist er. *Whatever.* Egal. Latte. *Fuck it.*

Der Tätowierer dreht sich um. Schlendert zu mir rüber. Setzt sich auf einen kleinen Alu-Hocker. Er guckt freundlicher als vorhin. Als würde er mich kennen.

»Alter, bist du dir sicher? Ich meine … also, ich finde den Stern schon so schwuchtelig, und dann noch für die Weiber. Die haben doch eh heutzutage alle Neurodermitis auf der Klitoris. Das Ding kotzt dich irgendwann an. Glaube mir. Ich weiß, wovon ich spreche.«

»Machen Sie's bitte.«

Es tut nicht weh. Ist höchstens unangenehm. So, als ob jemand mit seinem Ellenbogen auf deinen Muskeln herumreibt.

»In den ersten Tagen Klarsichtfolie drauf. Nicht baden. Nur kurz duschen. Viel Heilsalbe und keine Sonnenbank.« Ich kann nicht hören, ob er noch etwas sagt. Die zufallende Tür retourniert seine Sätze wie Boris Becker früher Tennisbälle – bevor er anfing, andere Bälle in Besenkammern zu kneten. Bin draußen.

Ich liebe an ihr, dass sie Babytiere begrüßt. Hallo, sagt *Sie!* dann, egal, ob *Sie!* eines im Fernsehen, im Zoo oder auf der Straße sieht. Jedes Mal werden ihre Augen ganz groß, *Sie!* bekommt eine Gänsehaut. Dann sagt *Sie!* dieses zauberhafte »Hallo«. Dieses *Hallo* … Das liebe ich an ihr – du beschissener Kreditkartendieb.

it's been
a while
since i could sa
that i wasn't
addicted
it's been
a while
since i could sa
i loved
myself as well

staind

Neun
Date

Meine Freunde sagen, ich soll mich mal wieder mit Frauen treffen. Das lenkt ab und ich würde nichts verlernen. Sagen sie. Sie sagen auch Sachen wie: Ist besser so und alles hat seinen Sinn. Aber da höre ich nicht hin.

Die Idee mit den Frauen finde ich dagegen interessant. Einfach mal so eine Frau daten. Das muss doch möglich sein.

Ganz gut fürs Ego ist, dass ab dem Moment, wenn man wieder Single ist, sofort die noch auf dem Markt befindlichen Frauen anrufen. Es ist, als ob sie an ihrem Bett ein rotes Telefon haben. Ein »Junge zu haben!«-Telefon.

Anne ist die Erste, die sich bei mir gemeldet hat. Solche Gespräche laufen immer gleich ab: Man wollte sich mal melden. Was man denn so mache? Ob man mit dem oder der von früher noch was zu tun hat? Nach ungefähr 18 Minuten wird dann gefragt, wie es der Freundin geht. Nach dem Offenbarungseid – »Wir sind nicht mehr zusammen!« – bekommt man ein »Echt? Och Mensch, du. Das habe ich ja gar nicht gewusst!«, auf das besser kein Eid geschworen werden sollte, gefolgt von einem »Tut mir voll Leid. Ich dachte, ihr bleibt ewig zusammen.« Dann verabredet man sich. Meistens zum »was trinken gehen«. Wir zum Videogucken. Bei mir.

Pünktlich eine halbe Stunde zu spät (die coole halbe Stunde) klingelt es um halb zehn an der Tür. Ich habe vorher aufgeräumt, den Müll runtergebracht und sogar extra meine Badewanne sauber geschrubbt. Was ich bisher nur gemacht habe, wenn ich in meinen Besuch verliebt war. Seit *Sie!* weg ist, und in meiner Single-Zeit davor, habe ich maximal für das Wochenende den direkten Weg von der Eingangstür zum Bett von Peinlichkeiten (dreckige Boxershorts) frei geräumt. Man weiß ja nie.

Die Filme habe ich schon nachmittags geholt. *Traffic* und *The Mexican.* Das Aussuchen war monsterschwer. Nicht zu romantisch, nicht zu brutal und auf keinen Fall irgendwie erotisch darf so ein erstes Date-Video sein. Nach einer knappen Stunde war ich schließlich so verzweifelt, dass ich mich von einem dort angestellten Pisa-Versager beraten ließ. Der meinte zwar, man dürfe eigentlich keine Brad-Pitt-Filme mit Frauen gucken, aber *The Mexican* würde gehen, weil er da nicht so gut wegkommen würde.

Ich glaube, dass viele Jungs Anne hübscher als *Sie!* finden. Ich nicht. Anne ist größer und schlanker. Langes blondes Haar. Runder Hintern. Nur ihre Zähne sind ein bisschen schräg. Anne trägt eine ausgewaschene Jeans, Sneakers und einen grauen Kapuzensweater mit Zipper von Duffer. Typisches Frauen-Video-Outfit.

»Ich habe uns eine Flasche Prosecco mitgebracht!«

»Toll«, sage ich. Ich halte das Ganze inzwischen für keine gute Idee mehr.

Wir setzen uns auf mein Bett. Sie packt die zur Auswahl hingelegten Filme weg. Öffnet den Prosecco. Fängt an zu erzählen. Dass sie gerade seit zwei Tagen in einer Werbeagentur arbeitet und ihrer Kollegin – voll peinlich – vergessen hat, einen Wrap aus der Kantine mitzubringen, aber dass sich die dumme Zicke mal nicht so haben solle. Dass sie nicht so gerne in den und den Club geht, weil man da nicht die tiefsinnigen Gespräche wie in dem und dem Club führen kann. In den Erzählpausen schüttet sie den Prosecco in sich hinein und befiehlt mir leicht beleidigt, doch auch endlich was zu trinken. Eine gute halbe Stunde, und die Flasche Düsseldorf-Schampus ist leer. Später ist sie rosa angelaufen wie ein Kinderfilmschwein. Redet viel zu laut über Problemzonen und fasst sich ständig an ihre viel zu dürre Hüfte. Ich habe zwischendurch unauffällig den Fernseher angeschaltet und gucke *TV-Total* – und es muss einiges passieren, damit ich mir dieses komplexive, unattraktive, früher nie zu Wort gekommene Nachmacher-X Stefan Raab antue. Das Muttermal an ihrem Hals wird immer größer und ein schwarzes Härchen wächst langsam heraus.

Jetzt soll ich sie massieren. Da sie einen wirklich guten Körper hat und ich lange keine Frau mehr angefasst habe, stimme ich zu. Nach zwei Minuten schnurrt sie: »Mmmh, ist das angenehm. Immer wenn ich mich so richtig pudelwohl fühle, muss ich Pipi!«

Absolut rekordverdächtig: Selbst um sich begrabschen zu lassen zu bescheuert. Ich rufe ihr noch hinterher, dass sie die Kabel, die von meinem Wohnzimmer durch den Flur zu meinem Badewannenfernseher gelegt sind, ruhig rausziehen kann, um die Tür zu schließen.

»Och, ich bin da nicht so!«

Dass ich aber da so bin, interessiert sie null.

Ich höre, wie sie pinkelt. *Rrrrrrrrr!,* macht es. Der Strahl peitscht direkt ins Wasser. Immer wieder *Rrrrrrr!* und zwischendurch manchmal *Palumpss*. Bevor mein Mittagessen zum zweiten Mal meinen Mund erreicht, mache ich schnell den Fernseher lauter. Raab schreit »blasen« und »schlucken«. Das Publikum grölt.

»Ich bin ja ganz schön rot«, sagt sie, als sie mein Schlafzimmer wieder betritt. Ich mag sie jetzt gar nicht mehr anschauen. Fühle mich vergewaltigt. Möchte duschen – mit Kernseife. Und dann endlich, viel früher, als ich es zu hoffen gewagt hätte, sagt sie: »Du, sei mir nicht böse, aber ich muss früh raus.«

Sie will gehen!

»Ich rufe mir ein Taxi.«

»Okay, mach das. Das Telefon steht im Wohnzimmer.«

»Oder fährt hier eigentlich auch eine U-Bahn?« In Frauensprache heißt das: *Fahr mich nach Hause!*

»Soll ich dich fahren?«

»Ist nicht nötig.« Dann ganz schnell: »Wäre aber supersüß!«

Ja, genau.

Es ist mir peinlich, dass im Radio nur Liebeslieder laufen. Ständig zappe ich herum. Wenigstens hält sie die Klappe. Und zum Glück wohnt sie nicht weit weg.

Ich stelle den Motor nicht ab, nehme nicht mal den Gang raus. »Tschüss«, hustet es viel zu schnell aus mir heraus. »Tschöh, du.« Ich will ihr einen Kuss auf die Wange geben. Aber sie dreht ihren Mund im letzten Moment auf meinen. Mein Mund ist aber nur zu einem Viertel offen. Ihre Zunge prallt an meiner Unterlippe ab. Sie versucht es erneut. Ich schrecke zurück und pralle mit meinem Hinterkopf gegen das Seitenfenster.

Irritiert, aber anscheinend angetörnt durch mein Verhalten stützt sie sich auf meinem Oberschenkel ab. »Meld dich mal bei mir«, haucht sie mir ins Ohr. »Schreib mir doch morgen 'ne E-Mail in mein Office.« Steigt aus und lässt ihren Hintern für meinen Geschmack etwas zu lange in der Luft verweilen. Endlich! Die Autotür ist zu und sie ist weg. Natürlich hat sie den Knopf nicht runtergedrückt.

Noch bevor ich zu Hause ankomme, kriege ich von ihr eine SMS:

anne@lindberg-und-partner.com. meld dich bitte. war ein wunderschöner abend. kuss und schlaf gut – anne

Ich habe plötzlich Angst, dass mich jemand von ihren Freunden gesehen hat. Dass *Sie!* erzählt bekommt, ich hätte mit einer Frau im Auto rumgeknutscht.

Ich leide mittlerweile länger, als *Sie!* mich geliebt hat.

Ich hole mir noch zwei McChicken bei McDonald's. Fünf Euro. Unverschämtheit. In ein paar Stunden werden meine Kracher-Tipp-Freunde anrufen. Ich werde erzählen, dass alles ganz super war.

»keine gnade. keine schmerzen.«

mickey (burgess meredith) in rocky

Zehn
Studenten

Durch die halogenbeleuchteten Gänge wehen dröge Dummheit und unbegründetes Selbstbewusstsein. Was ja fast immer Hand in Hand geht. Über dieselben Gänge huschen Menschen, die sich die ganze Nacht um die Ohren gechattet haben. Menschen, die gestern Flugblätter entworfen haben, die sie gleich im Copy-Shop vervielfältigen werden. Menschen, die auf Anrufe von Headhuntern warten. Menschen, die das Grundgesetz ganz »Du, grundsätzlich ja ganz dolle« und Deutschland »irgendwie so total spießig« finden. Menschen, die wissen, wie »bei den Bonzen da oben« der Hase läuft. Menschen, die schlecht riechen, Jutebeutel hinter sich herschlurfen und die meine Oma »langhaarige Bombenleger« nennt: Studenten.

Meine Uni ist eine ehemalige Kaserne. Sechzehn Seminar-Rotklinkerbauten plus vier Hörsäle. Zwischen den Rotklinkerdingern sind zentimetergenau quadratische Grünflächen platziert. Kleine Wiesen, Oasen der Ruhe. Insgesamt also acht. Manchmal ist ein kleiner Teich eingelassen oder ein Baum hinbefohlen worden. Alles ist frisch renoviert (wie gesagt, bis auf die Studenten). In den Gebäuden ist alles weiß gestrichen. Noch nicht vergilbt. Die Tafeln in den Seminarräumen sind dreimal so groß wie die, die man aus seiner Schulkrankheit kennt. In jedem Raum hängen große Digitaluhren. Sie zeigen mit roten Zahlen Uhrzeit, Wochentag und Datum an. Die Hörsäle sind riesig, halb gläsern. Die Sitze sind mit grünem Stoff gepolstert. Keiner der Kurse, die ich besuche, ist überfüllt. Man kann direkt auf dem Campus parken. Trotzdem wird jeden Tag von *Campus e.V.* oder ähnlich kaputten Menschen gegen die unmenschlichen Studienbedingungen demonstriert oder dazu aufgerufen.

In meinen Studiengang musste ich mich reinklagen. Mein Abi-Schnitt war zu schlecht (2,5). Sich reinzuklagen funktioniert so: Man meldet sich für einen Studiengang an. Wird abgelehnt. Geht zu einem Anwalt. Gibt dem sein Abiturzeugnis, seine Adresse und 1.500 Euro. Der verklagt die Schweine-Uni. Eine so genannte »Kapazitätsklage«: *Wollen Sie ernsthaft behaupten, dass für meinen Mandanten nicht noch ein Stuhl in den Hörsaal gestellt werden kann? Beweisen Sie das!* Weil das selbstredend nicht zu beweisen ist und die deutschen Universitäten für solche Spielchen kein Geld haben, rufen sie dich an und gratulieren herzlich zu deinem Studienplatz. Fast jede Uni erwartet solche Klagen, darum werden meistens zwanzig Plätze für Kläger freigehalten.

In den Einführungswochen, in denen man »Neuer« oder »Ersti« genannt wird, die Uni im Rahmen einer

Rallye gezeigt bekommt und seinen Stundenplan gemacht kriegt, muss man auch traditionell seinen schrecklich anhänglichen, aus dem Süden zugezogenen Sitznachbarn (»Was machst du denn so? Was machste denn heute Abend?«) vorstellen, sich mit Sekt/O-Saft betrinken und Unmengen von Negerküssen essen, die ein Tutor (meist ein hässlicher Typ aus einem oberen Semester, der glaubt, hier Erstsemesterfrauen aufreißen zu können, weil die noch nicht wissen, was für ein Loser er ist) mitgebracht hat. Als wir das endlich hinter uns hatten, fragte man uns, ob uns durch Wartesemester oder Numerus clausus die Ehre zuteil wurde, hier studieren zu dürfen. Mein »Reingeklagt« kam nicht toll an. Solche möge man hier ja eigentlich gar nicht, erdreistete sich der – das Kapital doof findende – Tutor. Zustimmendes, unterwürfiges Gemurmel der neuen Freigeister. Mein Konter, dass – wenn jemand wie er so etwas sagt – ich das nur zu gerne annehme, ist der Grund, warum bis heute niemand mein Referats- oder Lernpartner sein möchte. Tutoren sind wirklich ausnahmslos ein schlimmer Menschenschlag. Potenzierte Schulzeitstreber. Doch in der Uni dürfen sie Seminare leiten und dich benoten. Nix mehr mit in der Pause Scout-Turnbeutel auf die Möhre hauen.

Wir haben eine Mensa und eine Cafeteria. Da ich beschlossen habe, in meiner gesamten Hochschullaufbahn niemals »mensen« zu gehen, kann ich nicht sagen, wie es dort aussieht. Ich habe aber mal gehört, dass es dort eine »Stumiki-Ecke«, eine »Student-mit-Kind«-Ecke, geben soll.

Die Cafeteria hat zwei Raucherräume und einen Nichtraucherraum. An allen Wänden hängen auf orange- oder apfelgrünem Papier gedruckte WG-Angebote, Anzeigen aller Art und Mitfahrgelegenheiten zum Pendeln. Überall liegen zerknüllte und drübergelatschte Flyer rum (*DJ Dirk heute im »Relax«*). Es gibt einen Kiosk und fünf Selbstbedienungskühlschränke, gefüllt mit allen möglichen Softdrinks und Kakao. Einen Kaffee- und Tee-Automaten, der nie benutzt wird, weil eigentlich jeder hier eine Thermosflasche mit angebautem Becher dabei hat. Meistens haben so viele ihren Studentenflachmann dabei, dass es unmöglich ist, sich in der Cafeteria auch nur zwei Minuten aufzuhalten: Es stinkt nach einem Mischmasch aus Heißgetränken. Die Kannen, vorzugsweise aus Aluminium, reflektieren das Licht auf unerträgliche Weise. Es ist, als schwimme man in einer Discokugel, gefüllt mit Caro-Kaffee und Vanille-Tee. Der Boden ist aus braunem Linoleum. Wahrscheinlich das Einzige, was aus der Bundeswehrzeit übernommen wurde.

An der Toilette steht *D/H*. Es sind Unisextoiletten. Bedeutet für mich: kein AA in der Uni-*D/H*.

An der Cafeteriakasse steht eine blonde Studentin. Ich habe mit ihr zusammen zwei Seminare. Ihre Haut ist ganz komisch durchsichtig. Man kann ihre Adern sehen. Besonders an den Armen. Sie tippt immer die Hälfte der ausgewählten Produkte ein, schaut fragend, deutet auf den Rest und fragt: »Das auch noch?« Natürlich das auch. Obwohl sie einem ihre Adern aufdrängt, wird sie auf alle Partys eingeladen. Sie wird das Uni-Luder genannt. Es heißt, sie sei »gut am Glied«. Bestimmt fragt sie die Jungs auch immer, ob sie »Das auch noch?« wollen.

Ich habe heute nur eine Vorlesung. *Medien/Public Relations*. Die Dozentin sieht aus wie ein Kind von Rudi Carrell und Angela Merkel. Sie kommt aus dem Osten. Das bringt, neben dem farb- und materialtechnisch unsicher gewählten Outfit viel zu hohe »Früher haben wir aber ...«-Ansprüche an die Lernbereitschaft der eben nicht mehr politisch unterjochten Untergebenen mit sich. Diese Vorlesung besuchen nur Erstsemester und ich. Ich bin im sechsten Semester.

Eines der zahlreichen Probleme von Erstsemestern ist, dass sie sich auf dem Unicampus wie auf dem Filmset von *Der Club der toten Dichter* aufführen. Was sie noch unerträglicher als den Standardstudenten macht: Freigeist sein, den Professor duzen, volle Kanne kreativ sein. Letztens sind sogar zwei Mädels einer Vortragsgruppe während eines Referats zum Thema Theater bei dem Stichwort *Shakespeare* im Plenum aufgestanden und haben die Balkonszene aus *Romeo und Julia* nachgespielt. Meine Fresse. Die kommen auch am Nikolaustag mit roten Zipfelmützen in die Uni. Hier fällt mir immer wieder auf, wie traurig Deutschlands Zukunft ist – Pisa war noch eine Untertreibung.

Als *sie!* und ich noch ein Paar waren, war mir die geistige Elite meines Vaterlandes egal. Ich hatte nur den letzten Streit oder schönen Abend mit ihr im Kopf. Habe jede Vorlesung gehasst, weil ich für anderthalb Stunden mein Handy ausschalten musste. Nicht erreichbar war, wenn *sie!* mich anrufen wollte. Nicht sofort zu ihr kommen konnte, wenn *sie!* oder ich es wollten.

Die anderen und ihre Welt haben mich nicht interessiert. Meine Welt war *sie!*. Ihre Liebe war wie eine Brille. Keine rosarote. Sondern eine, die ich vor dem Rausgehen absetzen konnte.

hyper, hyper

scooter

Elf
Schlägerei

Wenn Bruce Willis ein Nogger ist, bin ich ein Softeis. Erdbeer. Tanzen kann ich nicht. Im Bett bin ich mittelmäßig. Wenigstens sehe ich ganz gut aus. Glaube ich.

Ich sitze im *A.C. Tennis-/Hockeyclub* auf einer Treppe im Vorraum, rechts neben der gläsernen Eingangstür. Die Treppe, auf der ich sitze, führt zu der Wohnung des Clubheim-Pächterpärchens. Was für ein trauriger Job: verzogenen Gören in kurzen Hosen Apfelsaftschorlen servieren.

Nach dem kleinen Vorraum folgt ein riesiger quadratischer Raum. Links ist eine Panorama-Gläserfront zu den Outdoortennisplätzen. Rechts ist die Bar (»Saurer 'nen Euro, Bier drei Euro!«). An den Wänden hängen Urkunden der Hockey- und Tennismannschaften. Überall stehen Stühle aus dunkelbrauner Eiche. Die Sitzflächen sind mit grünem Samt bezogen. Auf vier Stühle kommt ein Tisch. Es gibt um die 60 Stühle.

Wie gesagt, ich sitze im Vorraum mit Carsten. Carsten ist ein Soldat. Er war schon ein Soldat, bevor er seinen Wehrdienst geleistet hat. Er ist obrigkeitshörig wie ein Ossi. Führt präzise aus, was man ihm sagt. Ohne es zu hinterfragen. Er wird im mittleren Management bei Esso enden. Seinen Kindern erzählen, dass er den ganzen Laden alleine schmeißt, und glauben, dass er glücklich ist. Ich trage einen blauen Blazer und eine beige Hose.

Ich habe gehofft *sie!* hier zu treffen. Doch *sie!* ist nicht hier. Kommt wohl auch nicht mehr. Dafür ist es schon zu spät. Nach vier. Ich bin sogar noch mal nach Hause gefahren, um mich umzuziehen: Blazerpflicht.

Wir sitzen auf der obersten Stufe. Draußen ist es eiskalt. Knapp über null. Gestern hat es noch geschneit.

Aus dem Hauptraum dröhnt *Horny* von Mousse T. Wenn ich gut drauf bin, singe ich immer beim Refrain statt »I'm horny« »Ich bin läufig – läufig läufig läufig«. Aber danach ist mir heute wirklich nicht. Drei Stufen unter mir sitzt ein Typ, der Thomas heißt, neben einem farbigen Mädchen. Thomas ist der Prototyp eines Hockeyspielers. Ich glaube, er spielt sogar für die Nationalmannschaft. Er ist wahrscheinlich 1,95 Meter groß, sehr dünn und hat braune Haare. Er sitzt links neben ihr. Sein Arm liegt wie eine Schlange um ihren Hals. Sein angespannter Bizeps liegt in ihrem Nacken. Seine Hand berührt ihren Brustansatz. Thomas will heute wohl auch noch seine einäugige Schlange rausholen. Jemand hat mir mal erzählt, dass das Schamhaar von Schwarzen härter ist als das von Weißen – wie Schmirgelpapier oder Draht.

Carsten und ich reden über unsere Bundeswehrerlebnisse. Wir lachen beide, er fröhlich, ich gequält. »Tommsen«, so nennen ihn seine duften Hockeykumpels, dreht sich zu uns um: »Haltet die Fresse.«

Wir lachen weiter.

»Ich habe gesagt, ihr Penner sollt eure Schnauze halten! Die Pächter wollen schlafen.«

Ich bin zu traurig, um aggressiv zu reagieren, und sage betont gelangweilt, dass die Musik lauter als wir ist und die Pächter sowieso noch ausschenken würden. Natürlich weiß Thomas das auch – er spielt für diesen Club. Er will das Mädel beeindrucken. So eine Art Vollidiot-Vorspiel.

Auf einmal springt er auf. Springt hastig die drei Stufen zu uns herauf. »Verpisst euch! Haut ab! Ich will euch hier nicht haben. Wenn ihr nicht geht, hole ich mein Team.«

Wir lachen, Carsten laut, ich ängstlich. Dann geht alles ganz schnell. »Tommsen« packt sich Carsten (zum Glück!), seine linke Hand hat sich am Revers von Carstens schwarzem Jackett festgekrallt. Er schlägt ihm zweimal ins Gesicht. Die Farbige fängt an zu schreien. Carsten geht zu Boden. Den Überraschungsangriff konnte er nicht mehr wettmachen. Pearl Harbour, mitten in sein Gesicht.

Carsten ist keiner meiner besten Freunde. Eher ein mittelmäßiger Bekannter. Ich glaube, dass man jemanden sehr gerne mögen muss, um für ihn zu kämpfen.

So und so. Ich mag ihn schon. Aber eben nicht so dolle. Daher kann ich nicht sagen, weshalb, wie und woher das kommt, was ich jetzt mache.

Zweimal habe ich Hockey-Thomas bereits gut getroffen. Er ist sehr groß, darum musste ich beim ersten Schlag springen. Meine Hand schmerzt. Der Alk tut bei ihm und mir den Rest. Er ist schwer angeschlagen.

Während wir weiter munter aufeinander einschlagen, stolpern wir die Eingangstür hinaus. Thomas knickt ein. Ich höre die Farbige schreien. Auch er hat mich ein paarmal getroffen. Aufs linke Ohr. Mir ist schwindelig. Wo sie steht, kann ich nicht sagen.

Ausklinken: Fünf-, sechsmal schlage ich ihm noch ins Gesicht. Auf die Schläfe. Auf die Nase. Auf den Hals. Er krabbelt auf allen vieren. Er blutet aus der Nase. Unter dem Auge hat er einen Riss. Da seine rechte Gesichtshälfte voller Blut ist, weiß ich nicht, ob er auch aus dem Ohr blutet oder ob es nur Nasenblut ist. Seine Arme knicken weg. Mit dem Oberkörper liegt er in ei-

i'm gonna k

ll cool j

mama said k

[huuuh!!!]

nem Rhododendron, der im Sommer rosa blüht. Sein Anzug ist mit Matsch und Blut verschmiert. Er würgt ein »Das kriegst du wieder« heraus. Dann fängt er an zu weinen.

Ich schnappe mir Carsten. Wir rennen.

Ich wollte *sie!* einfach nur sehen.

ock you out

[huuuh!!!]

ock you out

Zwölf
Sperma ist seltsam ...

Mein Sperma ist seltsam. Manchmal glaube ich, dass es pures, konzentriertes Selbstbewusstsein ist. Eine Art Wunderdroge. Ähnlich wie Popeye-Spinat. Gebe ich es bei einem One-Night-Stand weg, fühle ich mich danach schlecht und leer. Könnte kotzen und habe so was wie Entzugserscheinungen.

sie! ist süchtig danach. Immer, wenn es ihr schlecht geht, will *sie!* es haben. Wenn sie alleine, einsam und traurig ist, braucht *sie!* es. Koste es, was es wolle.

Die Sexgrenze bei Frauen fällt mit 23 Jahren aufwärts. Vorher wird Wochen gewartet, bevor es in die Kiste geht. Nie ohne die klare Option auf eine Beziehung. Meistens wird erst gebummert, wenn man zusammen ist. Das »erste Mal« miteinander ist dann auch was ganz doll Wichtiges. Darüber muss man selbstverständlich reden. In Extremfällen werden Kerzen angezündet und Kuschelrock-CDs aufgelegt. Das alles hat sich mit 23-Aufwärtsigen erledigt. Die 23-Aufwärtsigen hatten ein paar Männer und merken, dass es auf einen mehr oder weniger nicht ankommt, dass dieses ganze zelebrieren null Sinn macht, ihre Vagina nicht ausleiert und dass es auch niemand mitbekommt, solange man es nicht der besten Freundin erzählt. (»Das sage ich nur dir, keinem sagen!«) Das bedeutet, die Reihenfolge

Erstes Date: Essen gehen/Kuss.
Zweites Date: Knutschen.
Drittes Date: Busen anfassen.
Viertes Date: »Ja, ich will mit dir zusammen sein.«
Fünftes Date: Video gucken/Pimpern

hat sich erledigt. Wenn man eine 23-Aufwärtsige auf einer Party knutscht, wird später gevögelt.

Es war kurz nach vier Uhr, als *sie!* im *Location* auftauchte. Jetzt ist es kurz vor halb sechs und wir haben noch kein Wort miteinander gesprochen. Aber ich merke, wie *sie!* mich pausenlos, auf einen schwachen Moment wartend, fixiert. *sie!* trägt ein rotes, enges Top und eine schwarze Hose. *sie!* ist die Einzige in diesem kläglichen Betonraum, die nicht wie eine explodierte Gurke aussieht oder stoned unnötig durch die Gegend springt. Ihre Haare sind offen und glatt geföhnt. Egal wohin ich gehe, ihre Blicke bleiben an mir kleben. Es ist als ob ich im Kreis um einen Leuchtturm renne und es nicht schaffe, seinem Lichtkegel zu entkommen. Andererseits, würde ich es wirklich wollen, könnte ich die Richtung ändern oder einfach stehen bleiben.

sie! scannt alles ab. Es ist niemand hier, der ihr morgen einen Vorwurf deshalb machen wird. *sie!* lächelt. *sie!* kommt. Der Deal kann starten. *sie!* riecht anders als früher. Grünes Licht steht ihr.

Durch das Klicken des Türschlosses wache ich auf. Die *Interconti*-Hotelzimmer sind schroff. Die Wände sind pastellig gestrichen.

Vor ein paar Stunden hat *sie!* das gemacht, worum ich während der Beziehung gebettelt habe: *sie!* hat gesagt, dass sie mich liebt. Ich habe ihr nicht geglaubt. *sie!* sich auch nicht. *sie!* hat mich mehr geküsst als ich *sie!*.

Der Sex war nicht wie früher. Ich habe versucht mehr als ein gemeinsames Ineinander-Onanieren hinzukriegen. Aber das hat überhaupt nicht geklappt. Ich habe versucht, *sie!* gestern Nacht zu lieben – *sie!* hat mich gebumst. Frauen können zwar einen Orgasmus vortäuschen, aber nur Männer können beim Sex Liebe simulieren.

Ich wache also auf und *sie!* ist weg. Eigentlich habe ich mir das in der letzten Zeit jedes Mal vor dem Einschlafen gewünscht. Da ging es mir morgens aber deutlich besser.

Jedenfalls weiß ich jetzt, dass mein Sperma keine Droge ist. Höchstens eine Ersatzdroge. Vielleicht Morphium. Auf keinen Fall ist mein Glibber Popeye-Spinat. Und ihre Droge bin auch nicht mehr ich, sondern *sie!* selbst.

»wenn du mit jemandem schläfst, dann gibt dein körper ein versprechen

julie (cameron diaz) in vanilla sky

ob du es willst oder nicht.«

Zwölfeinhalb
… hat aber auch sein Gutes

Die alten Griechen dachten, dass Männer und Frauen früher eine Einheit waren, eine Säule oder so etwas. Wie so oft wurde aber einer ihrer Inzestgötter tierisch sauer und bestrafte die Menschen: Mit Blitzen spaltete er die glücklichen Einheiten in Frauen und Männer auf. Seitdem muss die Menschheit ihr Leben mit der schmerzhaften Suche nach ihrer anderen Hälfte verbringen. Noch heute stellen sich junge Griechen, wenn sie frisch verliebt sind, Rücken an Rücken, um zu schauen, ob ihre Körper wie Puzzleteile ineinander passen. Heißt es jedenfalls.

Als ich es mit ihr probierte, musste ich in die Knie gehen – je tiefer ich runterging, desto besser passte es.

Ich liege in meinem Bett. Die Sonne wird gleich aufgehen. Ich habe mir unsinnigerweise einen Wodka Red Bull als Betthupferl eingeschenkt, aber noch nichts davon getrunken. Sein anstrengendes Bouquet nach besoffenen Gummibärchen verpestet mein Schlafzimmer. Obwohl ich unter zwei Decken liege, ist es seltsam kalt.

Liebeskummer ist wie Drogenentzug. Man ist psychisch und körperlich von jemandem abhängig. Nicht nur das Herz, auch der Körper hat mit den Nachwirkungen der Liebessucht zu kämpfen. Bei mir beginnt gerade der körperliche Entzug. Ich vermisse ihre Haut. Den Duft ihres Speichels auf meinem Körper. Ihre Haare in meinem Bett. Die Kratzer auf meinem Rücken. Ich habe es geliebt, mit ihr zu schlafen. Nach meinem ersten Mal mit ihr löste sich meine Vorstellung von perfektem Sex *(Eingeölte Katie Price bläst mir einen während Harald Schmidt und verwandelt sich danach in einen Hamburger Royal TS!)* in Luft auf. *sie!* wurde mein perfekter Sex. Eigentlich war es kein Sex, was wir machten. Das Wort fasst es nicht. Nicht im Geringsten. Viel besser passt »Liebe machen« – ein Ausdruck, der, bevor ich *sie!* kannte, Gänsehaut auf meiner Eichel ausgelöst hätte. Hatte ich aber mit ihr geschlafen, mit ihr »Liebe gemacht«, war ich an den nächsten Tagen so paralysiert-glücklich, dass ich auch auf meiner eigenen Beerdigung Spaß gehabt hätte.

Normalerweise würde ich mir jetzt einen runterholen. Aber heute kriege ich das nicht mehr hin. Was ist schon wichsen? Das hat der liebe Gott nur erfunden, damit wir alle nicht total durchdrehen. Es ist nicht halb so gut wie Sex und Lichtjahre von »Liebe machen« entfernt. Es hält einen nur gerade noch vom Amoklaufen ab.

Ich schalte den Fernseher ein. Der Typ, der bei *Der Preis ist heiß* früher die zweite Geige gespielt hat, verkauft in einer blassgelben Sperrholzdeko Münzen und Staubsauger. Dass es ihm offensichtlich noch schlechter als mir geht, muntert mich nicht auf. Neben ihm sitzt eine rothaarige Frau und erzählt irgendwas von »super Saugleistung«. Sie erinnert mich an ein Mädchen aus meiner Klasse, die bekannt war, mit jedem Typen in die Kiste zu hüpfen. »Rostiges Dach, feuchter Keller« haben wir ihr auf dem Schulhof hinterhergerufen. Nur Jungs, die gerade verlassen wurden, waren nett zu ihr. Auf unserer Abi-Party verlor ich eine Wette. Ich musste sie fragen, warum sie mit jedem Typen ins Bett steigt. Also ging ich zu ihr rüber und fragte. Ihre Augen zogen sich zu halb bösen, halb traurigen Schlitzen zusammen. Ihre Nasenlöcher pulsierten kurz. Dann sagte sie: »Das ist meine einzige Möglichkeit, jemandem nahe zu sein. Wenigstens ganz kurz. Die größten Schlampen sind die Mädchen, die am verzweifeltsten nach Liebe suchen.« Drehte sich um und ließ mich stehen.

Ich brauche meine Säule wieder. Schnell. Sonst werde ich, wohl oder übel, zur Schlampe.

ape me, my friend

nirvana

Dreizehn
Auge des Tigers

12 Uhr. München. Meine Haare sitzen scheiße.

Ich komme gerade aus Hamburg. An den Pflicht-Schwulen-Steward mit Brilli im Ohr habe ich mich gewöhnt, aber zusätzlich zwei Stunden mit Mariah-Carey-Durchfallmusik vollgedröhnt zu werden ist echt zu viel.

Ich mag den Franz-Josef-Strauß-Flughafen. Noch lieber würde ich ihn mögen, wenn er einen anderen Namen hätte. Eigentlich mag ich alle Flughäfen. Aber nur morgens und nicht zur Ferienzeit. Männer in dunklen Anzügen laufen mit ihrer Miles-and-More-Karte in der einen und dem Lederhandgepäck in der anderen hektisch durch die Gates. Draußen kann man die Flugzeuge starten und landen sehen. Es ist ein Ort, von dem man ganz schnell überallhin fliehen kann – und sich deshalb selbst sehr nahe ist.

Im Flugzeug gab es *Bild* und *Focus*, leider keine *Gala*. Jemand hat Kohl während einer Autogrammstunde einen Windbeutel auf seinen Dötz geknallt – *Bild*-Titel. Ich finde die Leute toll, die so was machen. Ich hatte auch mal die Idee, mit ein paar Freunden als Medienterrorist so richtig durchzustarten, aber nach unserem ersten Attentat – einem falsch lancierten Gerücht – haben wir schnell die Lust verloren. Es war schlichtweg niemandem aufgefallen. Das Foto des Windbeutel-Rowdys enttäuscht mich allerdings – er ist hässlich.

Ich schwitze mich in meiner schwarzen Daunenjacke fast zu Tode. An einem Sandwichstand, gebaut aus seltsamen Metallverstrebungen und grünem Plexiglas, direkt vor meinem Gate möchte ich etwas trinken. Der Flughafen-Barkeeper hinter dem Kunststofftresen will mich aber nicht so recht bedienen. Erst nach der dritten Aufforderung schlurft er unwillig zu mir herüber. Grund: Er gräbt gerade eine Frau in einem dunkelbraunen, grob gestrickten Pulli und indianischen Fischblinkern im Ohr an.

Ich reise mit zwei Taschen. Eine war eigentlich als Handgepäck gedacht, aber das fand der British-Airways-Computer-Inder nicht so tuffig (»Sorrey isse zu grosse Ihre Handgepäcke!«). Also die auch noch rauf aufs Gepäckband. *Knack.* Verhoben.

Meinen geliebten Laptop wollte ich auf keinen Fall in die Macht der indischen British-Airways-Mafia geben. Also, neue Tasche kaufen: Ich erstand einen dieser Jutebeutel, mit denen »Ich hab es passend«-Omas zum Einkaufen und langhaarige Bombenleger zur Schule gehen. Dunkelblau, mit orangem Hamburgprint, für 3,20 Euro.

Zu meinem Erstaunen gibt es auf dem Flughafen eine Apotheke. Eine Nepp-Apotheke, die wie ein Bordell funktioniert. Die wissen ganz genau, wenn du zu ihnen kommst, ist dein Leiden so groß, dass du dir nicht mehr anders zu helfen weißt. Im Puff wichsen oder blasen sie dir einen an, und kurz bevor die Sache wirklich interessant wird, erhöhen sie dann plötzlich den vereinbarten Preis. Stand jedenfalls letzte Woche in der *Max*.

Nach dem anfänglichen Glücksgefühl, kurz vor einem (schmerzhaften) Abflug eine Apotheke gefunden zu haben, kommt an der Kasse die Ernüchterung. Die wollen wirklich 18 Euro für zwei lausige Abc-Wärmepflaster haben. Eigentlich ein Freifahrtschein, solche Leute umgehend umzukloppen.

Boarding: Auf nach Barcelona. Meine Stimmung schwankt im Minutentakt – von Kid Rock zu Robbie Williams. Ich fliege mit Iberia weiter. Das Design von Iberia-Fliegern ist noch unattraktiver als das der British Airways.

Im Flugzeug ist es wie immer. Der schwule Steward grüßt, nickt und zeigt Richtung Sitz. Mich würde interessieren, ob die Leute ohne diese Richtungsanweisung in das Cockpit latschen würden. Von innen sehen Flugzeuge alle gleich aus. Die Verhaltensmuster von Menschen im sichersten Fortbewegungsmittel sind auch immer gleich: Hektisch wird das Handgepäck unter dem Sitz verstaut, dann auf Anweisung des Stewards doch, »bitte schön«, ins Handgepäckfach umgelagert.

Jetzt geht alle fünf Reihen die Nerv-Diskussion um Sitzplätze los (nur Economy): »Nein, Sie sitzen 13 a, das hier ist 12 b!« Aber lassen wir das.

Neben mir sitzt ein Schwarzer. Er trägt schwarze Airmax. Merken! Kaufen! Abenteuerlust und Trauer wechseln sich im Sekundentakt ab. Ich habe *sie* am Mittwoch das letzte Mal gesehen.

sie hat mit ihrem Vater Weihnachtsgeschenke gekauft. Der Gedanke, dass in ihren Tüten keines für mich ist, brachte mich fast um. Mir wurde klar, dass ich die Feiertage zu Hause, ohne Morphium abhängig zu werden, nicht überstehen würde. Also beschloss ich abzuhauen. Ich bleibe zwei Monate in Barcelona. Zum Glück sind meine Eltern genauso reich wie verständnisvoll.

Ist das verwegen, mutig oder feige? Armselige Flucht oder teutonischer Neuanfang? Ich kann mich nicht entscheiden. Will es lieber auch gar nicht. Ich weiß nur, dass es so mit mir nicht weitergehen kann. Ohnmächtig und fremdgesteuert. In den Fängen eines abartigen Bruders der Liebe. Belogen und abserviert.

Auch wenn die Selbstfindung in der Ferne von Alexander von Schönburg, Christian Kracht, Joachim Bessing, Benjamin von Stuckrad-Barre und so weiter in ihrer Pop-Autorenrunde im Adlon (*Tristesse Royal*) lächerlich gemacht wurde: Ich merke schon in den ersten Sekunden nach dem Boarding, dass Ballast von mir abfällt. Ich wusste, dass da eine Menge Mist auf meinen Schultern lag. Ich hatte aber keine Ahnung, dass es so viel war.

Der Flughafen Barcelona gefällt mir nicht.

Ich gehe zur Gepäckausgabe. Dann passiert etwas, was ich nie für möglich gehalten hätte: Meine beiden Eishockeytaschen werden als Erstes herausgespuckt. Beide hintereinander. Ich habe ein Gefühl wie ein 18-Jähriger, der zum ersten Mal an einer wartenden Schlange vorbeigehen darf, weil er auf der VIP-Liste steht. Etwas auf meine Stimmung schlägt allerdings, dass ich mir einen Gepäckwagen mit meiner Kreditkarte gezogen habe, es aber direkt neben der Ausgabe viel schönere, kostenlose Wagen gibt.

Ich winke ein Taxi herbei. Es ist zur Hälfte schwarz, zur anderen gelb. Oben, da wo bei deutschen Taxen das Taxischild leuchtet, flimmert eine grüne Lampe und daneben stehen die Zahlen *1*, *2* und *3*. Wenn die grüne Lampe leuchtet, ist es frei. Soweit komme ich noch mit, doch was *1*, *2* und *3* bedeuten, erschließt sich mir nicht. Der Fahrer trägt einen verfilzten, roten Rundhalspullover, hat kurze schwarze Haare, aber einen grauen Bart. Er sieht lustig aus. Ich frage, ob er Englisch spricht.

»He?«

Also nicht, toll. Ich überlege, welcher deutsche Taxifahrer wohl Spanisch kann und vergebe ihm deshalb. Er wird ungeduldig. Ich krame aus meiner Jackentasche die Adresse hervor und lächele ihn an. Er ist schon ziemlich genervt von mir. Er riecht nach Schweiß. Er wird mich bescheißen. Eines der wenigen Dinge, die ich zurzeit sicher weiß.

Wir fahren los. Ich merke, wie mir die letzte Woche im Knochen steckt. Ich nehme viel zu viel Medizin, um Schmerzen zu lindern: Habe jeden Tag Abschied gefeiert. Mit Leuten, die mich vermissen, und mit Leuten, denen ich völlig egal bin.

Am Dienstag war ich mit meiner Lieblingscousine Trixi Essen. Sie ist ein wunderbarer Mensch. Wir waren im *Zraik*. Ich hatte ihr die Wahl des Lokals überlassen und wurde nicht enttäuscht. Das *Zraik* ist kühl chromorientiert eingerichtet, mit offener Küche. Ein sehr nettes Restaurant. New York-mäßig.

Wir aßen Austern und tranken viel Wein. Es war ein Abend wie ein heißes Bad mit einem Buch von Ulf Poschardt. Bei Trixi hatte ich seit langer Zeit das Gefühl von Heimat. Ich glaube, dass sie mich wirklich mag. Mich vollständig akzeptiert. Dass, egal was ich jemals für Mist bauen werde, sie für mich da sein wird. Wir haben den gleichen Humor. Sie ist wirklich unglaublich lustig. Nicht wie eine amüsante Frau, sondern wie ein durchgeknallter Typ. Sie ist mit der liebenswürdigste Mensch, den ich kenne. Eine, die alles verlangen darf – denn sie ist eine der wenigen, die alles geben kann.

Sie bestand darauf, zu bezahlen.

Danach fuhren wir in die *Tower*-Bar. Als ich mit der Parkplatzsuche begann, tönte Lenny Kravitzs *Again* aus dem Radio. Wir stellten fest, dass er zehn ganz schlimme Lieder produzieren muss, um dann ein geiles zu machen. Sie drehte laut und fing an zu singen. Ich machte mit.

In der *Tower*-Bar waren wir mit Damian (Fotograf) verabredet, um in seinen Geburtstag reinzufeiern. Ich finde, Fotografen sind die Prinzen der Neuzeit. Früher war der Traum aller Mädchen, von einem Prinzen gerettet zu werden. Heute träumen die modernen Aschenputtel davon, von einem Fotografen entdeckt zu werden. Ich bestellte die erste Runde. Bier, Wodka, Wein.

Die Bar ist loungig, gut eingerichtet mit blutroten Wänden, beigen Sitzkissen und verstecktem DJ-Pult. Ich unterhielt mich mit Damian übers Promi- und Partyboxen, also ab wann man Leute schlagen darf. Wir waren uns schnell über unsere niedrige Hemmschwelle einig. Wir tranken weiter. Damian ist klasse. Ein absoluter Mädchenschwarm. Markantes Gesicht, kurze dunkle Haare, stechender Blick. Muskeln. Nicht zu viel, nicht zu wenig. Egal in welches Land, in welche Stadt, in welche Bar man mit ihm geht: Er kennt dort die drei hübschesten Mädchen. Und mit zwei von denen war er im Bett.

Als das *Tower* schloss, zogen wir noch durch ein paar andere Bars. Bis ich irgendwann total stoned in meinem Bett landete. Ich kotzte noch kurz in eine braune Plus-Papiertüte, von der ich keine Ahnung hatte, woher sie kam, schmiss mir zwei abgelaufene Paracetamol ein und kollabierte selig. Ein wundervoller Abend.

Sonntag war ich mit meinen Jungs zum Saufen verabredet. Um acht traf ich mich mit Tom, Trixis Freund. Auch ein ausgezeichneter Mensch und einer meiner besten Freunde. Tom ist wie eine Mischung aus Tim Taylor, Jonny Knoxville und Alf. Ehrlich, direkt, witzig. Wir gingen ins *Better Night*. Eine sehr coole Kneipe in der Innenstadt, direkt neben dem Rathaus. Das *Better Night* ist eine Mischung aus Brooklyn- und Westernbar. Romantisch, morbide, geeignet für Typen, die sich schlicht, aber stilecht einen reinstellen wollen. Das Publikum setzt sich aus Möchtegernrockern, Journalisten und A/B-Promis zusammen. Die Bedienungen haben alle große Brüste.

Ich orderte eine Flasche Wodka. Iris setzte sich an unseren Tisch. Sie ist Bedienung im *Better Night*. Und scharf. Leider ist sie außerdem sehr laut und liebt Benjamin von Stuckrad-Barre. Sie hält ihn für einen genialen Denker und sich für seine Seelenverwandte: »Die eine Stelle in seinem Buch, wo er im Bus sitzt und über die Leute nachdenkt, genauso war das auch mal bei mir«, wird regelmäßig ungefragt mit 840 Dezibel verkündet. Ich habe ihr schon oft erklärt, dass ich Benjamins Talent, seine Bücher und vor allem seine Fähigkeit Bilder und Gedanken so in Worte zu fassen, dass man sich vollkommen in ihnen wieder findet und einfach nur noch laut GENAU! brüllen will, sehr schätze – es aber *nichts* Besonderes ist, diese Gedanken auch zu haben. Danach war sie immer tierisch eingeschnappt: »Schreib du doch so was, wenn du das alles besser kannst!« Ich mag sie.

Heute erzählt Iris irgendwas über Ben und Marius Müller-Westernhagen. Dass die beiden eigentlich scheiße sind, aber die Texte doch irgendwie schön.

Ich sage: »Das ist das Stuckrad-Syndrom.«

»Fängst du schon wieder an?«

»Nein, aber ...«

»Dann lass es.«

Ich rede weiter: »Es sind Retortengedanken, die in Retortentexte gebracht und mit Retortenmusik vermischt werden. Jeder findet sich in diesen Liedern wieder, kauft sie und glaubt er sei der Einzige, der versteht, was wirklich gemeint ist.« Wenn sie nicht immer so dummes Zeug reden würde, könnte man sie attraktiv finden. Iris hat ein klassisches Gesicht mit süßem Babyspeck, braune Haare und Porsche-braune Augen. Sie ist nicht groß, gerade mal 165 Zentimeter, würde ich sagen. Sie hat ein wahnsinnig schönes Dekolletee. Nicht, weil ihr Busen so groß ist (er ist sehr groß). Viel schöner finde ich ihre Haut vom Hals bis zur Brust, die so aussieht wie Milch und Seide und so weich wirkt wie ein frisches, weißes Daunenkissen.

Später sind wir sieben Jungs und Iris. Ich gucke in die Runde und stelle fest, dass ich nur hübsche Freunde habe.

Der Taxifahrer hält an. Ich bin mir sicher, dass wir hier schon vorbeigefahren sind. Aber was soll's. Er will noch einen Aufschlag? Noch mal: Was soll's. Ich bin da. Dort, wo ich eigentlich nicht sein will – aber unbedingt sein muss.

i've been sitting here trying to find myself i get behind myself i need to rewind myself

kid rock

Vierzehn
24. / Titten

Die roten Lichterketten erscheinen im Spiegel noch heller. Wie blinkende Schlangen ziehen sie sich durch die aufgereihten Schnapsflaschen hinter der Bar. Alles scheint zu blinken. Ich mag diesen Augenblick nach dem zweiten Drink: Das Licht wird intensiver, man schaut beim Trinken in sein Glas und fühlt sich unglaublich verwegen.

Die Heizung ist voll aufgedreht. Es riecht nach Chlor, Schweiß und Alkohol. Wie in einer Schwimmumkleide, in der ein Bier umgefallen ist.

Die Bühne ist rund und in der Mitte des Raumes. Drum herum stehen ungeordnet Stühle und Tische. Alessandra tanzt bereits einige Minuten oben ohne. Über ihr hängen Fernseher, in denen alte Pornos laufen. Normalerweise wird Alessandra, sobald das Oberteil gefallen ist, ein Mikro gereicht. Dann singt sie tragisch talentfrei *Bohemian Rhapsody* von Queen, bevor sie den Slip auszieht.

Mittlerweile muss ich im *Tinto* keinen Eintritt mehr bezahlen. Die Animierdamen unterhalten sich kostenlos mit mir. Der Barmann grüßt mich mit Namen.

Die Show interessiert mich schon lange nicht mehr. Nur die Drinks und meine Bücher. Heute habe ich *Glamorama* von Bret Easton Ellis dabei. Ich liebe seine Bücher. Obwohl mich während des Lesens immer wieder ein seltsames *Ertappt!*-Gefühl durchzuckt, ich weiß auch nicht, warum.

Einen Strip-Schuppen direkt unter der Wohnung zu haben ist klasse. Anfangs kam ich hierher, um zu reden. Für ein paar Peseten gibst du einer Frau einen Piccolo aus. Die muss sich dann mindestens eine Viertelstunde mit dir unterhalten. Ich konnte erzählen, von ihr erzählen, und sie mussten zuhören. Da ich für die Unterhaltung bezahlte, hatte ich natürlich immer Recht, *sie* war an allem Schuld und nicht gut genug für mich. Gespräche wie ein Vollsuff. Anfangs wohltuend, aber mit einem moralischen Kater verbunden.

Irgendwann und irgendwie fiel mir auf, dass ich mich in Nacktbars toll konzentrieren kann. Drum fing ich an, meine Bücher hier zu lesen. Bestimmt wäre ich in der Schule besser gewesen, wenn meine Lehrerinnen nackt oder wenigstens hübscher gewesen wären.

Das *Tinto* ist heute voller Ami-Soldaten. Der Barkeeper erzählt, dass zwei US-Flugzeugträger über die Feiertage im Hafen liegen. *Show me your pussy, babe!* ist der mit Abstand meistgerufene Satz an diesem Abend.

»Are you from the States?«, will ein muskulöser Latino-Amerikaner mit einer zehn Zentimeter dicken Fettschicht über riesigen Muckis wissen.

»No, from Germany«, antworte ich.

»O, excuse me. I thought ... because of the books!" An seinem Finger, mit dem er auf mein Buch zeigt, trägt er einen fetten, goldenen Siegelring, besetzt mit einem glühend roten Stein. Er will es sich nehmen. Ich gebe dem Buch einen Stoß, sodass es aus seiner Reichweite rutscht. Leider genau in eine kleine Bierlache. Aber ich möchte nicht, dass er es berührt.

Er schwingt sich auf den Barhocker neben mich. Das Holz des Hockers knirscht und ächzt auf, als er landet. Er ist groß. Sehr groß. Mindestens 1,95 Meter. Sein schwarzes Deckhaar hat er auf einen Zentimeter, die Seiten auf 0,5 Zentimeter rasieren lassen. Er hat einen Schnurrbart und eine Narbe auf der linken Augenbraue. Immerhin riecht er besser als der Laden.

»I like Germany. I think it's the best Country in Europe, because it's like the States. I was in Britain last year, these guys just invented the Microwave!« Er lacht und klopft abwechselnd auf mir und seinen Schenkeln herum. Ich lache mit. Es ist zwar unglaublich dumm, dafür aber nett gemeint – außerdem mag ich auch keine Engländer. Er nimmt sein Bier und geht an seinen Platz zurück. Als er sich setzt, zeigt er mit seinem Siegelringfinger auf mich. Seine Kumpels gucken erst mich an, dann ihn. Schließlich lachen alle.

Ich lese noch ein Kapitel. Dann bestelle ich die Rechnung. Seit zwei Wochen habe ich mit niemandem von zu Hause gesprochen.

Als ich bezahlen will, hält mich der Barmann fest. Ich soll den Navy-Typen erklären, dass sie mit den Stripperinnen auch Sex haben können. Und da heute Weihnachten ist, zum halben Preis.

Nach der Verlautbarung, dass Prostitution in diesem Laden möglich und in Europa wirklich legal ist, verabschiede ich mich und gehe. Schneller als sonst laufe ich über die Treppe nach draußen. Ich nicke dem Türsteher nicht wie üblich zum Abschied zu. »Merry Christmas!«, ruft er hinter mir her.

if you
gonna b
dumb,
you bette
be tough

johnny knoxville

Fünfzehn
Toleranz

Wieder da. Wieder zu Hause.

Es tut gut, *sie* so lange nicht gesehen zu haben. Und nichts, was mit ihr zu tun hat.

Gestern war ich zum ersten Mal wieder in der Uni – und sofort genervt. Der halbe Hörsaal war mit hundertjährigen, viertelverwesten Gasthörern belegt. Ich finde, die sollen sich gefälligst ein Buch kaufen und das schön im Heim lesen.

Als ich endlich einen Platz gefunden hatte, tat ich natürlich sofort meinem Unmut über die ganzen ZDF-Seher kund. Da sagte mein Sitznachbar doch tatsächlich: »Hey, bist du intolerant.«

»Messerscharf erkannt.«

Ich bin nicht tolerant und will es auch nicht sein. Ich habe einfach keine Lust dazu. Toleranz ist die kleinste Form von Gleichgültigkeit. Und mir ist nichts gleichgültig. Vorurteile dagegen sind Klasse. Die erleichtern das Denken immens.

Die trägt Buffalo-Schuhe = Prolette.

Der trägt ein Pali-Tuch = miese Zecke.

Schubladendenken ist klasse! Dieser ganze Schrott

von wegen »erst mal den Menschen kennen lernen« oder »die Kleidung sagt doch nichts über den Typ aus« – alles Humbug. Ich kann doch nicht mein ganzes Leben damit verschwenden, Leute näher kennen zu lernen, die mir von vornherein völlig unsympathisch sind, nur damit ich mir, politisch korrekt, ein richtiges Urteil bilden kann. Es ist doch viel netter zu sagen: »Mensch Alter, du siehst scheiße aus, hast 'nen miesen Haarschnitt, nervst und merkst gar nichts: Verpiss dich!« So geht das. Ganz einfach.

Ich mag zum Beispiel keine Hockeyspieler. In Hamburg läuft das so: Du wirst in Winterhude, Eppendorf oder Harvestehude geboren. Grundschule, dann ab auf das Wilhelm-Gymnasium oder das Johanneum. Dein Sport ist, *natürlich,* Hockey. Vielleicht noch Tennis, aber das finden dann deine Erzeuger nicht so cool, weil sie sich nicht jeden Samstag mit den anderen Pseudoeltern auf der Vereinsanlage zum Anfeuern (»Super hast du das gemacht, Basti!«) treffen können.

Menschliche Abgründe tun sich vor allem auf den Hockeypartys auf. Eine Ansammlung von Idioten aus Passion. Die Eltern animieren ihre Kinder zum Saufen: »Na, einen Sauren kann der Kleine schon mal trinken!« Die Ober-Loser aus den miesesten Teams, zu dumm und versoffen, um irgendetwas gebacken zu kriegen, baggern die 14-jährigen Mädels an und knallen sie meistens noch am selben Abend. Nach dem Debütieren in der Partyszene und ersten sexuellen Erfahrungen (schlechten!) geht es ganz fix weiter. Die elterlichen Snob-Mühlen warten: Konfirmandenunterricht, Tanzschule (natürlich Hamburgs erste Adresse *Wendt* direkt neben dem Club) sind ein gesellschaftliches Muss.

An deinem 18. Geburtstag gibt es ein gesetztes Essen und einen gebrauchten Golf 2 in Grau – »Ist ja als erstes Auto vernünftig!« Wahrer Grund: Daddy hat nicht halb so viel Kohle wie er immer sagt. Deine beste Freundin/dein bester Freund, der/die auf dich scheißen würde, wenn sie/er jemanden in der Hierarchie über dir kennen lernen würde, hält eine Rede, in der sie/er erzählt, dass du der liiiiiiiebste Mensch auf der Welt bist und dass du schon ganz vielen Männern/Frauen den Kopf verdreht hast. Bei diesem Teil machen dann alle Eltern immer »Hohoho!«, weil so eine Aussage ja schon ganz schön gewagt ist.

Spätestens dann hast du Essstörungen oder Neurodermitis (Mädchen) oder ein Alkoholproblem (Junge). Der Druck bringt dich um. Dein Leben ist scheiße. Aber du merkst es nicht. Du hast zu viel damit zu tun, dich über dein Ralph-Lauren-Hemd, die nächste Party oder dein neues Prada-Portemonnaie zu freuen. Ja. Ich bin wieder zu Hause.

mama don't shed a tear 'cause i ain't happy here

tupac shakur

Sechzehn
T

Ich bin leicht zu beeinflussen. Als ich als Kleinkind *Karate Kid* gesehen habe, mussten mich meine Eltern am nächsten Tag bei Juka Dojo anmelden. Als Boris Wimbledon gewann, fing ich mit Tennis an. Als Slash von Guns'n'Roses jede Frau auf meiner Schule haben konnte, wurde eine Gitarre gekauft. Das Schlimme ist, ich bin immer noch so. Ich möchte lieber gar nicht mehr darüber nachdenken, wie lange ich nach meiner durchlöcherten Robbie-Williams-Jeansjacke gesucht habe.

Vor zwei Monaten habe ich zum ersten Mal Johnny Knoxville gesehen. Auf MTV. Seine Show heißt *Jackass*, was auf Deutsch so viel wie *Vollidiot* bedeutet. Johnny trifft sich jetzt immer Dienstags mit seinen Freunden Chris, Bam und Steve in meinem Fernseher. Dann sprühen sie sich gegenseitig Pfefferspray in die Augen, kämpfen mit echten Bären oder verprügeln Bams Vater. Viele meiner Freunde finden das peinlich. Ich finde es lustig.

Knoxville ist der coolste der Jungs. Und er sieht am besten aus. Er hat kurze schwarze Haare, die an der linken Schläfe etwas licht sind – wegen einer Stunt-bedingten Narbe. Sein Körper ist durchtrainiert, nicht gepumpt. Johnny trägt immer die gleiche, abgewetzte Motorradlederjacke. Wenn Knoxville Schmerzen hat, lacht er.

So bin ich leider nicht. Gar nicht. So möchte ich aber sein. Auf jeden Fall. Doch so kann ich nicht sein. Auf keinen Fall.

Halt!

Vielleicht so aussehen? Wenigstens so anziehen. Mich dann heimlich einfach so fühlen wie er, ohne ihn zu fragen. Die anderen werden es schon nicht merken.

Wer kann mir da helfen? Das Internet.

Paling! **Sie haben Post.** Wegklicken. **Google** eingeben. Und **Jonny Knoxvillle.**

Suchen Sie vielleicht Johnny Knoxville?

Scheiß-Besserwisser-Computer. Ja! Dann endlich die offizielle Seite. *Wear* anklicken.

Auf der *Wear*-Seite wird nur ein T-Shirt angeboten. Johnny Knoxville ist draufgedruckt. Er trägt eine verspiegelte Ray-Ban-Fliegerbrille und hat selbst kein Shirt an. Wenn man genau hinsieht, erkennt man, dass fünf Metallhaken aus einer 50 000-Volt-Selbstverteidigungspistole in seiner Brust und seinem Bauch hängen. Er lächelt. Ab in den Warenkorb! Wohin das Ganze? In die alte Welt. Nach Europa, Deutschland, zu mir natürlich.

Shirt: 12 $. UPS-Express: 60 $.

Noch ein Klick und es gehört mir. *Klick.* Sich für 72 Dollar express-schnell wie Johnny fühlen klingt fair.

In einem Laden kaufen ist lustiger, finde ich. Dieses befriedigende *Haben*-Gefühl gibt es im Internet nicht. Genauso wenig wie eine Tüte. Vielleicht kommt das Happy-Haben-Feeling noch. Wird mit den Shirts mitgeschickt, oder man bekommt es als E-Mail-Anhang zum Downloaden.

Es ist übrigens ein Irrtum, dass man Glück nicht kaufen kann. Jemand, der das sagt, hat sich noch nie ein Gucci-Hemd gekauft. Das einzige Problem ist nur: Solches Glück ist teuer und verflüchtigt sich schnell. Oft ist es schon aufgebraucht, bevor man den Laden verlassen hat.

So abgedroschen dieser Vergleich auch ist: Shoppen hat etwas sexartiges. Mein erstes Mal war ein rotes BestCompany-T-Shirt. Es hatte so ein knallrotes 80er-Jahre-Rot. In marineblauer Schreibschriftoptik war BestCompany auf die Brust gedruckt. Ich weiß noch genau, wie ich nach der Schule, statt nach Hause zu laufen, abenteuerlustig den 102er Bus genommen habe, dann in den 109er umgestiegen bin, um zu Sport-Kaap in der Innenstadt zu kommen. Da gab es diese T-Shirts im Ausverkauf. Das hatte mir die frisch in meine Klasse gekommene, weil sitzen gebliebene Marie erzählt. Und um zu zeigen, dass ich ihr zuhörte, musste so ein Ding her. Eine gute Investition, wie sich herausstellte: Für vierzig Mark lernte ich etwas fürs Leben – Frauen interessieren sich *nicht* für Männer, die ihnen zuhören.

Jeder Mensch durchläuft eine modische Entwicklung. Interessant ist, dass sich jene Entwicklung nicht nur darauf bezieht, was man trägt, sondern auch, wie man es sich aneignet: Als Kind trägt man, was einem die Eltern kaufen. Da ist es einem dann ja auch noch egal.

Kurz vor den ersten Schamhaaren hat man irgendwann so etwas wie einen eigenen Geschmack – aber kein Geld. Also geht man weiter mit den Eltern zusammen Klamotten kaufen. Was immer ein Desaster wird, weil Mutti nie das kauft, was man will, und einen vor schönen blonden Mädchen, die schon alleine in die Stadt dürfen, mit Fragen wie »Passt die Hose auch im Schritt?«, »Brauchst du noch Unterhosen?« und »Musst du noch mal aufs Klo, bevor wir nach Hause fahren?« blamiert. Oder mit dem Satz »Bist du schon fertig?« den Umkleidekabinenvorhang aufreißt. Man ist natürlich nicht fertig. Stattdessen präsentiert man dem ganzen Laden seinen halben Arsch.

Mit dem Wechsel von wöchentlichem auf monatliches Taschengeld und mit der Feststellung, dass nicht Mädchen, sondern die Eltern »am döööfsten« sind (Pubertät), fängt man an, sich selbst einzukleiden. Wenn ich mich auf Fotos sehe (besonders mit 12 Jahren aufwärts), hätte ich das mal lieber bleiben lassen. Ich war der lebende Beweis dafür, dass man selbst mit der Kombi Jeans-Turnschuhe-T-Shirt eine Menge falsch machen kann. Wie das geht? Zum Beispiel, wenn man eine schwarze Karottenjeans der Firma Camera mit weißen Deichmann-Basketballschuhen trägt (13), oder eine zu enge Levis501 mit Levis-T-Shirt, Levis-Gürtel und auf Converse gemachten Levis-Turnschuhen (14), oder meint, es wäre ein stylisher Stilbruch (selbst-)durchlöcherte Jeans, Sneakers und enge Dolce&Gabbana-Shirts zu kombinieren (17).

Mit 18 fing meine Ralph-Lauren-Phase an. Jedes Kleidungsstück zierte ein Polo-Reiter, der meine Unsicherheit mit seinem Polo-Schläger verteidigte. Da ich wegen der dreist überteuerten Preise bald kein Geld mehr in meinen Bundfalten-Chino-Hosen hatte und sowieso meine komplette Freizeit in Ralphs Laden verbrachte und (der wichtigste Grund) die schönsten Mädchen der Stadt das ebenfalls taten, fing ich an, dort zu arbeiten.

An meinem ersten Tag musste ich Hemden zusammenlegen und einsortieren. Während ich das tat, kamen ständig Leute herein, brachten alles, was ich gerade säuberlich drapiert hatte, wieder durcheinander – und kauften nichts. So ging das den ganzen Tag. Fünf Minuten vor Ladenschluss war es dann aber endlich geschafft: Hurra! Geordnet nach Farbe, Größe und Stoff lagen alle Hemden DIN-A4-groß gefaltet in dem riesigen Eichenholzregal. Da betrat ein Junge den Laden. Er war in meinem Alter. Trug zurückgegelte blonde Haare, einen schwarzen Rollkragenpullover mit eingestickter USA-Flagge und einen Gesichtsausdruck, den nur Kinder haben, die von ihren Eltern sogar dann gelobt werden, wenn sie nur zu Kellnern »Bitte« und »Danke« sagen. Schnurstracks näherte er sich meinem Tagwerk. Riss so brutaldumm ein Hemd heraus, dass alle darüber angeordneten sich auf dem Boden wieder fanden. Grinste ein »Tschuldige«. Ging zur Umkleide. Kam sofort zurück. Strich das Cashmere über seinem wohlstandsverfetteten Bauch glatt und verschwendete kostbare Luft für folgenden Satz: »Du glaubst nicht, was mir eben passiert ist! Ich nehme mir das Hemd hier und will es anprobieren. Während ich es anziehe, fällt mir aber ein, Mensch, das habe ich doch schon zweimal zu Hause! Aber wenn man so viele Polo-Hemden hat wie ich, verliert man eben leicht den Überblick. Tschöö mit ö!« Der gleiche Typ bepöbelte zwei Wochen später seine Mutter mitten im Shop als Schlampe, weil sie ihm einen zweitausend Mark teuren Mantel nur einmal und nicht in Schwarz, Blau und Braun kaufen wollte.

Sechs Wochen, 42 Unterhosen, 84 Socken und 18 Hosen später: Das Knoxville-T-Shirt ist da!

Das *zu große* Knoxville-T-Shirt ist da.

Die Ärmel treffen sich mit dem Saum in meinen Kniekehlen. Johnny-Feeling kommt nicht auf. Es scheint, als ob *XL* im *Home of the Brave and McDonald's-*

Junkies etwas komplett anderes bedeutet als das, was bei uns landläufig unter extra-large verstanden wird.

Aufgeben?

Auf keinen Fall!

Oha ... Das T-Shirt zeigt Wirkung.

Ich weiß nicht so recht, ob der Schneider mich nicht mag. Oder nicht versteht. Oder nicht verstehen will. Zum dritten Mal setze ich an. »Bitte, stecken Sie das T-Shirt einfach nur ab und machen Sie's kürzer und enger.«

»Was wollen Sie denn nun genau?«

»Also, das T-Shirt ist zu lang und zu breit. Können Sie das ändern? *Bitte!*«

»Aber das ist doch nur ein T-Shirt!«

»Ja. Und?«

»Ich weiß nicht, ob das geht.«

»Warum?«

»Da, schauen Sie mal. Das hat doch nicht mal Nähte. Genau genommen ist das nur ein bedrucktes Stück Stoff, das an den Enden zusammengeschweißt ist. Ich müsste das komplett umschneidern.«

»Schaffen Sie das?«

»Also, ich weiß nicht.«

»Für 30 Euro?«

»Ja, das wird schon gehen. Kommen Sie morgen so gegen vier.«

Am nächsten Tag hole ich Johnny ab. Ziehe ihn zu Hause sofort über mich. Das tapfere Schneiderlein hat gute Arbeit geleistet: nicht zu lang, nicht zu kurz, nicht zu weit, nicht zu eng. Perfekt!

Mein neuer Polo-Reiter heißt Knoxville.

sozialhilfeempfängerin aus güstrow

»hauptsache es passt!«

***bei* bärbel schäfer**

Siebzehn
Welthasstag

Meine Mutter hat mir beigebracht, dass man Tränen nicht wegwischt. Man würde ihnen sonst ihren Sinn nehmen, sagt sie.

Heute hatte ich einen »Welthasstag«. Wenn ich einen »Welthasstag« habe, ist meine Laune so mies, dass ich 24 Stunden unfähig bin, ein nettes Wort zu sprechen oder auch nur irgendetwas gut zu finden. Meine Stimmung ist so, wie DJ Bobo aussieht – nicht mehr steigerungsfähig scheiße.

Egal was für grandiose Nachrichten mich erreichen, nichts kann mich aufheitern. Aber was noch viel schlimmer ist: Egal was für nervige Dinge mir an einem »Welthasstag« passieren, nichts könnte meine Laune noch weiter verschlechtern.

Da ich mich heute kaum aus meiner Wohnung hinausbewegt habe, bekam die Welt bisher von meinem ihr gewidmeten Hasstag nicht viel mit. Nur als ich im *Blockhouse* zu Mittag aß, stellte ich der Kellnerin vom Nebentisch ein Bein. Den Rest des Tages guckte ich fern.

Abends bin ich mit Kai bei mir vollkommen fremden Menschen zu einem Spieleabend eingeladen. Das heißt, Kai ist eingeladen und darf jemanden mitbringen. Da ich nichts vorhabe und ich Kai den Erfolg gönne, mal mit einem coolen Typen irgendwo aufzutauchen, sage ich zu:

Er: »Bitte komm mit! Das wird toll! Da sind gute Frauen.« (Erste Überredungphase – das Standardargument: Das andere Geschlecht ist zahlreich zugegen.)

Ich: »Nein.«

Er: »Bitte! Ich hole dich auch ab, fahre dich wieder nach Hause und leihe dir meine Run-DMC-Platte.« (Zweite Überredungsphase – das Leih- und Schenkargument: meist Kleidung, CDs oder Partyeinladungen.)

Ich: »Klingt gut. Aber wir gehen heim, wann ich es will.«

Er: »Ja, gut. Aber ...«

Ich: »Aber was?«

Er: »Aber bitte stell dich nicht wieder als Guido von Stauffenberg vor.«

Ich: »Wieso? Meine Schweinenazi-*Hallo-ich-bin-der-Guido-von-Stauffenberg-jaja-mein-Opa-war-der-mit-der-Bombe-jede-Familie-hat-eben-ihre-schwarzen-Schafe*-Performance ist eine Legende. Du Ignorant!«

Er: »Nein! Ich meine, ja, ist okay.« (Dritte Überredungsphase – totale Aufgabe: »Mach was du willst. Du kriegst, was du willst. Komm einfach nur mit!«)

Ich: »Gut, bis gleich.« (Zusage)

Als wir den mit einem Papierschild an der Tür gekennzeichneten *Gameroom* betreten, überkommt mich das Gefühl, in einer Nervenheilanstalt für behinderte Tiere gelandet zu sein. »Eine hässlicher als die andere, einer dümmer als der andere«, flüstere ich Kai zu, während wir uns einer Spielwiese der unerotischsten Art nähern: einem von vier Leuten besetzen und mit einem braunen Frotté-Spannbettbezug bezogenen Sperrholzbett.

»Da seid ihr ja endlich! Lasst die Spiele beginnen!«, ruft jemand und schickt sogar noch ein fröhliches »Hahaha« hinterher.

Wir setzen uns. Diese Leute gehen gar nicht:

- Olaf, der drei Stunden braucht, um eine Spielanleitung zu begreifen, und aussieht wie eine lebendig gewordene *Diddlmaus* mit Riesenbrille.
- Corinna, eine schlecht gefickte Ackerstute, die im Ernst meint, mich und die restliche Umwelt mit ihrer Zahnklammer belästigen zu müssen.
- Susanne, unsere Gastgeberin, die mir klar macht, dass ich Sperrholz bis zum heutigen Tag unterschätzt habe – scheint doch ein sehr stabiles Material zu sein.
- Irgendein Typ, der unentwegt wie ein gestörter Papagei vor sich hin sabbelt, »wie nett« er hier alles findet: »wie nett« die Spiele sind, »wie nett« die Wohnung ist, »wie nett« die Leute sind.

Ja, natürlich findest du hier alles total »wie nett«, denke ich. *Was anderes kennst du nicht und was anderes will dich nicht.*

»Ich wünsche mir, dass wir alle einen ganz, ganz netten Abend haben!«, strahlt Happy-Hippo-Susanne und breitet das erste Spielfeld aus. *Das Leben ist kein Wunschkonzert.* Das wird Susanne heute wohl noch lernen.

Die Spiele gewinne ich so schnell, wie ich die Sympathien der anderen verspiele:

- Bei *Tabu* erkläre ich den Begriff »Millionär« mit »Ist mein Vater«.
- Beim Psychospiel *Therapie* unterstelle ich Susanne (die ich konsequent mit Sandra anspreche) eine schlechte Menschenkenntnis mit der Begründung, dass sie sich selbst zu mögen scheint.
- Bei *Monopoly* klaue ich Corinna Geld und weigere mich zweimal, ins Gefängnis zu gehen.

Dem »Wie nett«-Papagei mache ich weis, dass ich Nuklear-Philosophie studiere. Währenddessen betrinke ich mich mit jeder Menge Wodka-Rolex. Das Rezept: Man nehme ein Glas mit Eis, bette seine Rolex darauf und fülle das Glas mit Wodka auf.

In einer Spielpause, in der Olaf wieder einmal versucht, das Regelwerk der neuen Schrecklichkeit zu verstehen, halte ich einen Monolog über die Körperbehaarung des Menschen: »Wenn Frauen Achselhaare haben, finden Männer das scheußlich. Wenn Männer unter den Armen rasiert sind, finden Frauen das ekelig. Dass Frauen sich ihre Schamhaare stutzen, mindestens die Bikinizone, ist selbstverständlich. Frisiert sich ein Typ seine Schamhaare, ist er entweder Pornodarsteller oder schwul. Brusthaare bei Männern finden die meisten Frauen geil, die gelten als männlich und scharf. Über Frauen mit Brustbehaarung brauchen wir wohl nicht zu reden. Rückenhaare finden Frauen dagegen immer scheußlich – obwohl sie nur ein paar Zentimeter weiter hinten liegen. Nasen- und Ohrhaare sind bei beiden Geschlechtern gleich ekelig. Sonst noch Fragen?«

Nach der *Spielesession*, wie Corinna den Abend tragischerweise bezeichnet, hoppsen die fröhlichen Behindertenparkplatz-benutzungsberechtigten Bremer Stadtmusikanten in die Küche, um Kaffee zu trinken. Natürlich gibt es nicht genügend Stühle. Susanne bietet mir an, für mich stattdessen ein »großes, voll gemütliches« Kissen aus ihrem Zimmer zu holen.

Ich bestelle mir lieber ein großes, voll gemütliches Taxi. Niemand hat etwas dagegen. Susanne nicht, ich nicht, Kai nicht, was mich allerdings wundert.

Im Taxi überlege ich, welche romantische Erinnerung *sie* und mich verbindet. Ich meine nicht den normalen Kram: Blumen, Geschenke zum Geburtstag, Aufmerksamkeiten zum Jahrestag, Wochenendtrips oder »Hey, unser Lied!«. Ich suche nach dem einen, unverwechselbaren Moment unserer Beziehung, der etwas Besonderes war. Die Szene, die eine normale Hollywood-Liebeskomödie zu einem Blockbuster macht. Den Augenblick, den nur zwei Menschen auf der Welt verstehen. Der nur ein paar Sekunden dauert, aber ein Leben hält: Leonardo drückte Kate Winslet an die Reeling der *Titanic*. Richard Gere holte Julia Roberts als weißer Prinz verkleidet ab. Rocky fiel nach seiner Niederlage gegen Apollo Creed auf, dass Adrian ihren Hut verloren hatte. Und wir? Was hatten wir?

Wir haben gespuckt. Gerne und überall. Das artete immer zu einem echten Wettkampf aus: Wer kann weiter? Wer kann ekeliger? Wer kann grüner? Ganz egal, wo wir zusammen waren – wir spuckten um die Wette. Aus dem Auto, beim Warten oder Anstehen. Einmal gingen wir extra im Fernsehturm essen, nur um runterspucken zu können. Klingt ekelig. Ich weiß. War aber die verdammt romantischste Sache meines Lebens.

Normalerweise ist Romantik nur im Nachhinein ekelig. Unsere war es schon währenddessen.

Es ist spät. Ich liege im Bett. Jemand tut mir Leid. Nicht Kai, den ich vor seinen Freunden blamiert habe. Auch nicht Susanne, deren Spieleabend ich zerstört habe. Nein. *Ich* tue mir Leid. Und wie!

Meine Augen fangen an zu spucken.

Ich wische die Tränen nicht weg. Alles muss einen Sinn haben.

they are going to hate you i know

50 cent

Achtzehn
Charity

Was bekommen meine Eltern von mir? Ich bin kein schlechter Junge. Das meine ich nicht. Aber was haben sie von mir, kriegen sie, was ohne mich nicht da wäre? Ich kann mir nicht vorstellen, dass ich sie glücklich oder stolz mache. Sind sie es doch, reicht ihnen wohl meine bloße Anwesenheit. Was seltsam wäre. Nicht mal mich macht meine bloße Anwesenheit glücklich.

Ich habe immer viel Geld von meinen Eltern bekommen. Für Klassenreisen bekam ich den doppelten Betrag, den die Lehrer empfohlen hatten (und jede Menge Essen). Ich hatte immer das coolste Rad und war der Einzige in meiner Schule, der in der großen Pause nicht seine von Muttern geschmierte Stulle aß, sondern im *Blockhouse* gegenüber essen ging. Mein Vater meinte, das wäre die Bezahlung für meinen harten Job: die Schule.

Ich werde immer noch exzellent von meinem Papa bezahlt. Meine Arbeit beinhaltet mittlerweile zur Uni gehen und meine Mutter auf Charity-Veranstaltungen begleiten. Ich liebe meine Mama. Aber Charity ist pervers.

Wenn ich nur an diese »Charity-Ladys« aus Mitteldeutschland und ihre schon mit 14 Jahren an der Nase operierten Töchter denke – wie sie sich von dicken, ekeligen Männern 500 Euro in einen Champagnerkühler stecken lassen. Nur schlimm. Zwar gibt es die Argumente:

1. Die würden sonst nicht spenden.
2. Das bringt doch so viel.
3. Blabla.

Für mich ist das trotzdem schlicht eine Absage an die Menschlichkeit. Tut mir Leid, ich finde es einfach nur pervers. Wie die Leute auf sündhaft teuren Festen feiern, 100 Euro aufwärts spenden und sich dann wie die Mutter Theresa des Ruhrpotts fühlen. Seid doch wenigstens ehrlich. Es geht doch nur darum, in die *Bunte* zu kommen. Klappt es mit Modeln, Schauspielerei und Singen nicht, muss man sich halt anders in die Roter-Teppich-Society einnischen: »Dann mach ich halt in Charity.« Die Hochglanzbildchen werden alle sorgfältig in einem extra angefertigten Louis-Vuiton-Ordner abgeheftet. Aufschrift: *Ich, in* Versace, *rette die Welt.*

Ich habe vor jeder Person, die aus eigener Kraft hilft und dabei auf mehr verzichtet als auf eine neue Gucci-Handtasche, mehr Respekt als vor denen, die auf Spendengalas mit Hundertern bezahlen. Deren Ehemänner kriegen sie sowieso hundertfach durch Steuerbetrügerei und Schwarzgeldkonten in der Schweiz wieder rein. Jeder von diesen selbstlosen Jüngern der modernen Menschlichkeit hat natürlich auch ein Patenkind. So eins für 39.95 im Monat, aus dem Fernsehen (kann man toll mit einem Reporter von *Die Aktuelle* oder von *Das Goldene Blatt* besuchen fahren). Dessen Bilder werden dann in teuren Rahmen zu Hause in Fucking-Düsseldorf an die Wand gepinnt. Ich hätte mal Lust, auf so einer Veranstaltung mit einem »Patenkind« aufzutauchen: ungewaschen, in dreckigen Windeln und gespendetem Wollpulli. Das irritierte Balg würde ich dann auf den Tischen der Spendenwilligen herumlatschen lassen. Es wäre zu toll, wenn sich das Kind auf einen Champagnerkühler voller Geld setzen und reinkacken würde. Ohne es zu verstehen, würde das Kind den Leuten zeigen: »Wenn ich es nicht zum Überleben bräuchte, würde ich auf euer Getue und Geld scheißen.« Das wäre klasse. Am Ende sollte man es irgendeiner Charity-Lady einen Kuss direkt auf ihr mit *Chanel*-Make-up zugekleistertes Gesicht geben lassen. Und am nächsten Tag müsste man sie dann von einem Paparazzo beschatten lassen – wie sie sich von einem Promi-Arzt nach Kontaktkrankheiten durchchecken lässt. Schöne *Bild*-Geschichte.

Toll ist übrigens auch *Brot statt Böller* – ich glaube, die von Marketing und Strategie her dümmste aller Aktionen. Zweimal im Jahr rücken die zu 99 Prozent frustrierten Menschen wenigstens oberflächlich enger zusammen. Verabschieden sich für eine kurze Zeit von ihrem traurigen Dasein. An Weihnachten und Silvester sind die meisten »einfach mal so« fröhlich und ausgelassen. Aber auch diese einfache Freude muss natürlich wieder in ein Kapitel aus Zwang und heuchlerischer Vernunft gepresst werden: »Nicht böllern! Wegen Afrika und so!«

Meine Herren.

Mein lieber Herr Gesangsverein.

Meine Fresse.

Das Übel liegt doch echt woanders begraben.

Wobei diese Aktion wiederum so drollig ist, dass ich vor ein paar Jahren ihr Anhänger wurde – auf meine Weise: Jedes Jahr nehme ich Silvester eine Packung Toastbrot mit, schmeiße die Scheiben Punkt 24 Uhr durch die Gegend, während ich »Brot statt Böller, Brot statt Böller!« rufe. Zur Nachahmung nicht empfohlen – das Umfeld reagiert heftig.

i see no changes
wake up *tupac shakur*
in the morning
and ask myself
is life worth living
should i blast mysel

Neunzehn
Flight Canceled

Die selbst gerne berühmte Ex eines, für deutsche Verhältnisse, großen Schauspielers ist seit einer halben Stunde dabei, mich im *Glashaus* anzugraben. Vor ein paar Wochen gab es hier eine Schießerei. Angeblich, weil die Türsteher so 'nen Krawall-Türken vermöbelt haben. (Aber eine Theorie über nicht bezahltes Schutzgeld hält sich hartnäckig.) Und statt offener Gewalt nun also diese Ex. Der Partyveranstalter, ein Bekannter von mir, konnte sich sein Lachen nicht verkneifen, als sie anfing, mich anzusurfen.

> nicht bumsen, wenn du angst vor g-krankheiten hast.
> p.s. ich habe sie vor jahren auf der toilette gefickt.

bekam ich von ihm als Kurzmitteilung auf mein Handy, obwohl sie direkt und er nur zwei Meter neben mir stand. Ihr Styling: mies. Enge Levi's und Fake-Versace-Shirt. Ihre Figur ist schweinegeil, aber ihre Lebenslinien verlaufen statt auf der Handinnenseite mitten durch ihr Gesicht. Sie hält ihren Kopf so, als ob sie die Haut unter ihrem Kinn sehr schön findet. Seit ihrer Trennung versucht sie ständig, in die Klatschspalten der Lokalpresse und auf Internetpartyseiten zu kommen. Ein Freund von mir, der bei der *Gala* arbeitet, hat mir erzählt, dass sie ihn seit zwei Monaten täglich in der Redaktion anruft und um »Hilfe« bittet: Sie will nicht immer in den Zeitungen stehen. Ob man nicht mal ein Interview zu diesem Thema machen könnte.

Oha.

Wir stehen gemeinsam im VIP-Bereich vom *Glashaus*. Hier finden die Feste statt, die in Frauke Ludowigs Wortschatz »Promi-Partys« heißen. Es wimmelt von champagnerbreiten Söhnen und Töchtern, die durch weggesoffene Hirnzellen, die Connections und das Geld ihrer Eltern aerodynamisch glatt geschmirgelt sind, sodass die Ecken und Kanten des Lebens ihnen nichts werden anhaben können.

Die VIP-Area ist ein mit roten Seidenkordeln geschützter Bereich mit eigener Bar, gemütlichen Ledersitzen gegenüber der Model-Lounge und direkt an der riesigen Tanzfläche gelegen.

Der Spruch: »Wer im Glashaus ficken will, sollte in den Keller gehen«, trifft auf dieses *Glashaus* nicht zu. Wer hier Sex will, sollte sein Handgelenk schmücken und kann zur Not die Toilette benutzen. An meinem dünnen Ärmchen trage ich eine Gold-Stahl-Daytona-Rolex, ein gelbes VIP- und das rote Model-Band. Das bedeutet frei saufen, *access to all areas* – und die Frauen umkreisen einen.

Früher habe ich die Bänder für *sie* organisiert. Wir sind immer von den Türstehern an der wartenden Meute am Eingang vorbeigewunken worden. (Gemurmel: »Wohl wichtig, wer is'n das, so'n Arsch, Blabla.«) Wenn ich meinen Lokalprominenzstatus geltend mache, achte ich immer darauf, dass sich nicht dieses »Entschuldigung, ich stehe auf der Gästeliste«-Lächeln in mein Gesicht schleicht. Es gibt nichts Schlimmeres. Schließlich bin ich keiner, der auf solche Vorteile verzichten würde. Dafür bin ich zu bequem, versoffen und eitel. Moritz Bleibtreu hingegen ist so ein Typ – er stellt sich in die Schlange. Lässt sich von den Blicken der Feierwütigen streicheln. Das ist das Vorspiel. Dann kommt der Hauptakt: Wenn die Türsteher ihn erkennen und dann kommen, um ihn reinzuholen, schreit er ganz laut, damit es auch wirklich alle hören: »*Neeeeeeiiin!* Ich möchte wie jeder andere behandelt werden!« Orgasmus! Er geht auch nie in den VIP-Bereich.

Es ist trotzdem nicht echt.

Ich habe dann immer zu ihr gesagt, geh ruhig zu den anderen, ich mach das. *sie* ist tanzen gegangen, ich habe das fehlende VIP-Band geholt (das Model-Band bekommt man unten an der Tür, das VIP-Band im »Clubbüro«) und es um ihr grandios schönes Handgelenk gebunden. Dafür wurde ich geküsst. Vor allen Leuten. Das hat *sie* selten getan, wenn, dann nur abends. Umarmungen und Zärtlichkeiten wich *sie* in der Öffentlichkeit oft aus. Erst heute fällt mir das auf.

Die Barfrau ist total überfordert. Also lasse ich einen Soap-Schauspieler, der immer mein Freund sein will und gerade auftaucht, etwas für die berühmtheitswillige Ex bestellen. Sonja heißt sie und sie ist … was ist sie eigentlich? Ganz sicher kein A- oder B-Promi.

Ein F-Promi?

Gibt es so was?

Ja, ein F-Promi, und das heißt schon was – hier im Mikrokosmos *Glashaus*.

Wir reden und reden. Sonja redet mehr. Zu viel. Ich höre schon seit geraumer Zeit nicht mehr zu. Ich kann super nicht zuhören. Ich kann in Gesprächen total abschalten und höre dann nur einen summenden Ton. Aber anhand der Tonhöhe weiß ich genau, wann ich »Echt?«, »Na, ich weiß ja nicht!« oder »Ja! Genauso sehe ich das auch!« sagen muss. Das mache ich natürlich nur bei Mädchen. Jungs lasse ich einfach stehen. Was kann ich dafür, dass Jungs keinen Busen haben?

Sie will mit mir knutschen. Ich nicht. Sie redet zu blöd und nach Küssen fühle ich mich heute nicht. Ich glaube wegen der Bänder, die mich an *sie* erinnern. Wie noch immer vieles, ganz vieles bis alles.

sie ist gerade auf Sylt.

Wie lange dauert es über die Bahngleise nach Sylt zu laufen?

Ich beschließe mehr zu trinken. Sonja fragt: »Was machst du nächstes Wochenende?«

Ich sage: »Ich feiere meinen Geburtstag.«

Sie sagt: »O schade, da habe ich keine Zeit.«

Hatte ich sie eingeladen? Denke nicht, so was würde ich meinen Freunden nicht antun. Wie jemand, selbst ein Schauspieler, mit der fest zusammen sein konnte, ist mir ein Rätsel.

Seit *sie* weg ist, bin ich wie aufgewacht. Vorher lief bei mir alles komplett automatisch ab. Zack, zack und korrekt. Auf alles – und in jeder Situation – wusste ich eine eloquente Antwort. Jetzt aber bin ich, wie gesagt, aufgewacht. Brutal geweckt worden aus meiner liebevoll legitimierten, schnellen, gut formulierten wohlerzogenen Routine. Seit diesem Erwachen muss ich jede meiner Aussagen einzeln überlegen: Sinn, Grammatik, Wirkung. Überdenken und abwägen. Es ist, als ob der wache Zustand meinen Geist und damit mein ganzes Leben schläfrig macht. Nur so ist der folgende Satz zu erklären, der mir im Nachhinein rätselhafter ist als meine Moonwashed-Jeans mit Neon-Aufdruck, die ich so gerne in der Grundschule getragen habe: »Ich such mir jetzt ein Hotel zum Pennen.«

Dieser Satz hat überhaupt keinen Sinn – erstens will ich noch bleiben und zweitens wohne ich nur zehn Minuten mit dem Taxi vom *Glashaus* entfernt. Sie meint trotzdem, einen zu verstehen. »Schlaf doch bei mir«, sagt sie – und berührt die Innenseite meiner Schenkel.

»Ja, gut.«

Ihre Wohnung ist schrecklich. Kein Buch, dafür abgelaufener, royalblauer Teppich. An der Wand hängen billige *Hundertwasser*-Drucke in noch billigeren Alurahmen, auch royalblau.

»Oh, du magst Hundertwasser.«

»Keine Ahnung, wer das gekleckst hat. Hab ich geschenkt bekommen.«

Hoffentlich fickt dumm wirklich gut. Wenn ich noch was zu trinken kriege, schaffe ich es vielleicht noch, meinen morgigen Kater so stark auszubauen, dass er seinen moralischen Artgenossen wegfaucht.

Auf meiner Suche nach etwas Trinkbarem stoße ich auf etwas Unglaubliches: Auf ihrer Fensterbank stehen sauber aufgereiht knapp ein Dutzend bunte Leonardo-Gläser. Und als ob das allein nicht schon schlimm genug ist, hat sie vor jedes Glas ein – von der Sonne schon ausgebleichtes und dezent verformtes – Gummibärchen in der gleichen Farbe hindrapiert. Darauf muss man erst mal kommen. Meine zwischendurch kurz aufgekommene Geilheit ist endgültig weg. Was nicht viel heißen soll, denn selbst auf dem Höhepunkt meiner körperlichen Gefühle für diese Frau (muss beim Verlassen des *Glashauses* gewesen sein) war meine Leidenschaft für sie so heiß wie ein vorgestern verglühtes Streichholz.

Zum Gehen ist es zu spät.

Ich versuche, schnell auf der Couch einzuschlafen, aber sie nervt so lange rum, bis ich mich zu ihr ins Bett lege.

»Soll ich dich massieren?«

»Nein, danke.«

»Wollen wir fernsehen?«

»Okay.« Ich benehme mich gerade genauso masochistisch-ohnmächtig wie irgendwer aus irgendeiner Fernsehserie. Mir ist nur noch nicht ganz klar, wer und aus welcher Serie.

Ich versuche krampfhaft, mich in den Schlaf zu flüchten. Sie zappt wild und ungeschult umher. Das Nachtprogramm ist eigentlich immer super; nach eins wird überall der Trash des Tages wiederholt, ohne lange Werbepausen. Doch anstatt einen Daily-Talk oder *Beverly Hills* laufen zu lassen, zappt sie munter zu einem Softporno auf *Kabel 1*. »Es gibt nichts anderes.«

Ich denke an meine Mutter. Was, wenn sie mich jetzt hier sehen würde? Vermutlich würde sie denken, ich sei ohne sie auf eine Charity-Veranstaltung gegangen, zugunsten unterprivilegierter Minderpromis, und habe die Aufgabe etwas zu ernst genommen. Oder sie wäre einfach nur enttäuscht.

Ich will weg, schaffe es aber nur, mich von ihr wegzudrehen.

»Nimmst du mich nicht in den Arm?«

»Das geht nicht.«

»Warum?«

»Ich kann nur links schlafen, mit Blick aus dem Bett raus und viel Platz. Kindheitstrauma, will nicht drüber reden.« Jetzt weiß ich, wer ich bin: Chandler aus *Friends*.

Ein ungeschminktes »Frühstück ist gleich fertig« zerstört einen Traum, in dem ich Surfen kann. Geschirrklirren, welches aus der Richtung kommt, wo ich die Küche vermute, verhindert einen erneuten Wellenritt. Zum Glück. Denn wie am Febreeze-Gestank der kratzigen Bettwäsche zu erkennen ist, bin ich immer noch da, wo ich eingeschlafen bin.

In solchen Momenten wünschte ich mir, ich hätte ewig ein kleines Baby bleiben können. Egal, wo ich damals eingeschlafen bin – Wohnzimmer, bei Freunden, im Kinderwagen, beim Arzt –, meine Eltern sorgten immer dafür, dass ich im eigenen Bett aufwachte.

Frage: Wie komme ich hier weg?

Antwort: ein Geistesblitz!

Ich erinnere mich an Pascal und wie er angeblich immer ohne Diskussionen One-Night-Stand-Frauen, nervigen Gesprächen mit Eltern und Uni-Referatsgruppen entflieht. Einen Versuch ist es wert. Sonst heißt es nicht *Frühstück bei Tiffanys*, sondern *Frühstück mit Tussi*.

Ich suche mein Handy.

Wähle das Menü: *Profile. Allgemein. Anpassen. Ruftontyp.*

Suche einen Klingelton aus, der sich laut und nervig anhört (»Chase«).

Lasse achtmal klingeln.

Aktzeptiere mit Ok den Ton.

Schreie Ozzy-Ozbourne-mäßig in mein Mobile (was

mir im Nachhinein reichlich blöd vorkommt, da sie ja gar nicht im Raum war): »Was ist? Ich komme sofort!«

Renne zur Tür und rufe auf der Schwelle: »Entschuldige! Notfall! Ich muss los.«

Meine Nummer hat sie zum Glück nicht. Dafür leider meine Lederjacke. Die habe ich vergessen.

Nachtrag: Vier Wochen später

Es ist neun Uhr morgens. Mein Handy klingelt. Ich drücke auf den kleinen grünen Hörer. »Hallo?«

»Hallo, was geht! Ähh, hier ist Ralf. Kennst du mich noch?« Und ob ich dich kenne. Ralf ist ein investigativer Superjournalist ohne jede Scham vom *Express*.

»Ich wollte mich mal melden, hören was so läuft.«

Bei diesem Satz eines Journalisten sollten umgehend alle Alarmglocken losheulen. Ich könnte jetzt 20 Minuten mitspielen, rausfinden, was er will, und doch nichts sagen. Lassen das die Nebenwirkungen schon zu?

»Du Ralf, ich habe gleich Vorlesung. Ruf mich doch morgen wieder an.«

Später sehe ich am versifften Uni-Kiosk, was Ralf von mir wollte: Sonja hat es geschafft. Sie ist endlich auf dem *Bild*-Titel. Allerdings, weil sie versucht hat sich umzubringen. Sie ist aus dem Fenster ihrer Wohnung im was-weiß-ich-wievielten Stock gesprungen. Ein Türsteher hat sie nicht in einen Club gelassen, wird als Grund für die Tat vermutet.

Ich empfinde keinerlei Mitleid für Leute, die sich

das Leben nehmen oder die es versuchen. Und schon gar nicht für die, die es nicht schaffen. Aber dieser Fall ist, gerade durch seine perverse Oberflächlichkeit, doch unglaublich tragisch. Ich finde, wenn sich jemand in eine solche Verzweiflung (und aus dem Fenster) stürzen lässt, weil er es nicht erträgt, vor einen Club abgewiesen zu werden, ist es vielleicht besser, wenn er nicht mehr lebt. Es ist wie mit alten Menschen, die lange Zeit im Krankenhaus gelegen haben. Schlafen sie irgendwann, an Maschinen angeschlossen, ein, sagt man: »Das war kein Leben mehr.«

»Es bestand keine Chance auf Heilung.«

»Ist vielleicht besser so.«

Wäre es für Sonja auch besser so? Tot zu sein? Wahrscheinlich ja. Das ist kein Leben mehr. Sie ist an ihre eigenen Maschinen angeschlossen. Sie hat keine Chance mehr auf Heilung.

you think you're doing well? take off your gucci shades

m.o.p.

Zwanzig
Traum

Seit *sie* weg ist, schlafe ich anders. Kürzer. Und träume unangenehm. Oft nehme ich mir vor, meine Träume zu behalten und aufzuschreiben. Es klappt nie. In der Nacht, wenn ich zwischendurch aufwache, bin ich zu faul. Am nächsten Morgen habe ich dann alles vergessen.

Gestern aber, zwischen Nacht und Morgen, habe ich es zum ersten Mal geschafft, mich vor meinen Laptop zu schleppen. Das kam dabei heraus:

Ich gehe einen Strand entlang. Es ist warm. Viele Menschen. Alle essen Cornetto Erdbeer. Auf einmal breche ich ein.
Ich befinde mich auf einem unterirdischen Parallelstrand. Links und rechts ist alles schwarz. Der Sand ist klumpig-feucht. Ich schaue nach oben und sehe, dass der Strand über mir nur eine hauchdünne Sandschicht ist. Doch außer mir können alle anderen Leute darauf gehen und existieren. Durch das wie mit einem Zirkel gezogene Loch sehe ich die Sonne, höre glückliche Stimmen und die Brandung rauschen. Ich schreie, aber niemand hört mich. Oder will mich hören.

Ich weiß noch, dass ich mich ganz schnell an die Situation da unten gewöhnte. Trotz der Angst.

Dann plötzlich stehe ich mit Zuckerwatten-Konsum-Alptraum Jeanette Biedermann auf meinem alten Schulhof. Genauer gesagt im Mittelkreis des Basketballfeldes. Die Körbe sind abgerissen. Der Platz ist aus hellgrauem Beton. Das Feld liegt zwischen den gelben Lernbungalows und der Sporthalle mit üppiger Gläserfront.
»Kommst du endlich?«, fragt Jeanette und greift meine Hand.

In meinem Traum finde ich Jeanette Biedermann schön.

Ihre Brüste sind durch das viele Training kleiner geworden, sagt sie. Ihr Dekolletee sieht wirklich sehr knöchern aus.
Sie versucht mich mit ihren affektierten, stumpfen Augen anzustrahlen. Sie sollte öfter Tücher tragen, finde ich. Ich gebe ihr das schwarze Bandana, das ich zufällig in der anderen Hand halte. Ohne zu fragen legt sie es an.
Jeanette greift wieder nach meiner Hand und zieht mich Richtung Turnhalle. Ich bin jetzt glücklich.
Die Tür ist offen. Wir gehen an den vom Hausmeister gezimmerten und mit Medizinbällen (grün, braun,

rot) bestückten Regalen vorbei Richtung Umkleidekabinen. Erstaunt registriere ich, dass Jeanette mich zum Jungs-Umkleideraum zieht. Da wir kein Sportzeug dabei haben, wir aber schließlich nicht zu spät zum Unterricht kommen dürfen (Strafrunde pro Minute!), gehen wir zügig diagonal durch den weißen, quadratischen Raum Richtung Turnhalleneingang. Auf dem Weg geraten wir ins Stolpern. Wir fallen in eine höchstens 10 Zentimeter große Spalte zwischen der weißen Wand aus Kreide und einem vom Hausmeister gezimmerten, quadratischen Mülleimer ohne Öffnung, auf dem »HSV ist scheiße« steht.
Ich liege auf Jeanette.

Ich erinnere mich daran, dass es mir gefallen hat.

Sie sagt: »Wenn du mich jetzt nicht küsst, bist du gemein und wirst Gaststar bei ›Gute Zeiten, schlechte Zeiten‹.« Wir küssen uns. Der Rest der Klasse kommt herein. Alle sagen im Chor: »Jetzt ist es wohl endlich offiziell.«
Jeanette und ich haben keine Lust mehr auf Sport. Wir gehen den Weg durch den weißen Würfel zurück. Durch den Gang, über den Schulhof, durch die Pausenhalle, zum Vordereingang hinaus. Wir spazieren auf dem zwei Meter breiten Rasenstreifen, der sich einmal um die ganze gelbe Schule schlängelt. Bis wir an meinem Auto ankommen. Wir küssen uns wieder.

Ich versuche mich zu erinnern, ob ich in bunt oder schwarzweiß geträumt habe, kann mich aber nicht erinnern. Um keine weiteren wichtigen Details zu vergessen, tippe ich hektisch weiter.

Im Hintergrund jongliert Xavier Naidoo mit Bällen aus Feuer. Er singt irgendwas, aber ich kann ihn nicht verstehen. Plötzlich bremst ein weißer 190E-Mercedes mit nachgemachten BBS-Felgen. Boris Becker steigt aus. Er schreit fürchterlich laut »Mistekacke!« und »Du hast mich gesehen, gib es zu, du Arsch!« und »Stimmt's?« und »Du dummer Wichser!«. Er kommt auf mich zu. Wir geben uns erst normal die Hand. Dann die Armdrücken-ähnliche Männergeste, dann verkanten sich unsere Fingerkuppen ineinander, dann hauen wir unsere Faust viermal gegeneinander, zweimal von vorn und einmal jeweils von oben und unten. Als sich unsere Hände endlich wieder voneinander lösen, greift Jeanette wieder nach meiner Rechten.
»Ich habe gerade meine neue Freundin geküsst, als ich an dir vorbeigefahren bin.« BummBummBoris zeigt auf den leeren Mercedes. »Das verrätst du, oder? Du Verbrecher!«
Ich sage: »Tut mir Leid.«
»Was kriegst du dafür?«, fragt er.
Ich sage: »2000 Euro.«

Was genau soll ich gewusst haben? Und: Könnte ich im Zweifelsfall nicht mehr dafür herausschlagen?

Er drückt wieder meine Hand. Diesmal fester.
Xavier hat sich mittlerweile mein Surfbrett genommen. Mit lautem Geschrei nimmt er Anlauf, springt mit dem Wellenreiter auf die Motorhaube meines Autos und surft hin und her.
»Gib mir die Hälfte, ich brauche die Kohlen. Steuerprobleme«, sagt Boris. Setzt sich in seinen Wagen und lässt Gummi stehen.

Freud sagte mal sinngemäß: »Alles, was in einem Traum vorkommt, jede Figur, jeder Gegenstand, ist ein Teil von einem selbst.«

Jeanette Biedermann?

Ich bin wohl kaputter als angenommen.

'm just a dreamer i dream my life awa

ozzy osbourne

Einundzwanzig
sie hat einen Neuen

»*sie* hat einen Neuen!«, ist das Erste, was ich heute Morgen höre. Als Nächstes: »Du, ich habe jetzt keine Zeit, lass uns ein anderes Mal darüber reden. Tschö.« Dann kommt nichts mehr aus meinem Telefon. Reichte aber auch.

Wie kann man das nur machen – jemandem eine Neuigkeit überbringen, nach der er sich unweigerlich wie eine bepisste Jogginghose fühlen muss, und dann sofort auflegen? Nach so einer Nachricht braucht der Betroffene Trost (»Alles hat seinen Sinn, das Leben geht weiter!«), Infos (wer, wann, warum) und will belogen werden (»Das macht sie nur, um über dich hinwegzukommen, sie liebt dich noch immer!«). Aber stattdessen ruft dich Hiob an, schlägt dein Herz zusammen und hat keinen Bock, erste Hilfe zu leisten.

In der Psychologie gibt es für ein solches Benehmen die Theorie der Kreise. Versuchspersonen werden zwei gleich große Kreise gezeigt. Einer ist von kleineren, der andere von größeren Kreisen umzingelt. Der von den kleineren Kreisen umringte wirkt auf die meisten Betrachter größer. Für das menschliche Miteinander bedeutet das Folgendes: Machst du die Leute um dich herum kleiner, siehst du größer aus. Vielleicht sind Menschen aber auch nur von Natur aus unsensibel und scheren sich um dich und deine Gefühlswelt einen Dreck. Egal warum und weshalb, eine ganz schlimme Nebenwirkung von Liebeskummer ist, dass dich viele Freunde enttäuschen. Sind nicht da. Oder sie sind falsch da. Oder sie sind bei deiner Ex.

Das Telefonat hat mir Alkoholdurst gemacht. Ich schaue auf meinen Wecker. Es ist zwölf Uhr. Okay.

»Die Frage ist also: Wie betrunken ist betrunken genug? Die Antwort hat vor allem etwas mit den Hirnzellen zu tun. Ungefähr eintausend Hirnzellen sterben mit jedem Glas Alkohol. Aber so schlimm ist das nicht, weil wir Milliarden davon haben.
Als Erstes sterben die Zellen, die dich traurig machen, und du fängst an zu grinsen. Dann sind die Schweigezellen dran, also fängst du an, ganz wild und ohne Grund loszureden. Aber das ist gut so, denn als Nächstes sterben die dummen Zellen, und du sagst nur noch kluge Sachen.
Zum Schluss sind die Erinnerungszellen dran. Aber die Saubande stirbt nicht so leicht.«

rannulph junuh (matt damon) in
die legende von bagger vance

Als ich aufstehen will, drückt mich ein Bild wieder auf meine Matratze. Ich sehe *sie* vor mir. Wie *sie* mit ihrem neuen Stecher frühstückt, natürlich im Bett. Die beiden essen Erdbeermarmelade-Toasts. Ihm bleibt etwas an der Lippe kleben. *sie* küsst es weg.

Ich will jetzt nicht mehr aufstehen. Wenn ich einen Fuß raussetze, den Boden berühre, beginnt der Tag. Dann wäre das alles real. Vielleicht schlafe ich ja auch noch? Vielleicht träume ich das alles. Jeanette Biedermann war nur der Anfang. Ganz doll hoffentlich!

Frauen und Männer sind verschieden. Das ist nichts Neues. Eine Situation, bei der es sich mit am Extremsten zeigt, ist, wenn der oder die Ex was Neues hat. Frauen bleiben meistens cool. Sagen Dinge wie: »Die werden nie das haben, was wir hatten« oder »Ich weiß, was für eine wichtige Rolle ich in seinem Leben gespielt habe.« Und meinen das sogar genau so.

Männer sind anders. Egal, ob *Sie* oder *Er* Schluss gemacht hat, sobald die Ex auch nur in die Nähe eines anderen Kerls kommt, sieht der Mann sie mit ihm im Bett. Genauer gesagt: mit dem Penis des Neuen in ihrem Mund – die absolute Killervorstellung für jeden Mann. Alles. was war, ist egal. Die schönen Zeiten der Beziehung? Vergessen. Die schlimmen? Erst recht. Das Einzige, was zählt: Ein anderer darf sie anfassen. Das kann einen in den Wahnsinn treiben.

In ganz seltenen Fällen kommt es bei Jungs zu einer

komplett gegenteiligen Reaktion – einer »Sexgrenze«. In diesem Fall baut sich der Junge seine eigene Realität, in der seine Ex keinen Sex hat. Niemals wieder. Und er findet immer abstrusere Gründe, warum kein Geschlechtsverkehr mit dem neuen Typen stattfindet. (Sie hat bestimmt ihre Regel. Monatelang schon. Die Hormone, das ist keine schöne Sache.) Fällt diese Sexgrenze aber irgendwann, wird es doppelt schlimm. Ich kannte jemanden, der fing wie ein Verrückter an zu heulen, als er hörte, dass seine Ex mit ihrem Neuen in den Urlaub fahren wollte – obwohl sie sich schon vor einem halben Jahr getrennt hatten und seine Ex mit dem Typen seit vier Monaten zusammen war. Er meinte: »Da müssen sie in einem Bett schlafen! Vorher kann immer was dazwischengekommen sein. Jetzt ist es klar.«

Frauen dagegen wissen, dass der Mann sofort nach Ende der Beziehung bereit ist, mit anderen zu vögeln. Ihnen ist das Fummeln ihres Ex nach der Beziehung komplett egal. So sind sie eben.

Ich bin zu traurig zum Weinen. Irgendwas stirbt. Ich sehe mich kurz von oben. Dann schalte ich den Fernseher ein. Wie immer: Daily-Talk-Wiederholungen. Und natürlich überall das Standardthema: »Du Machoschwein hast mich verarscht.« – Oder so ähnlich.

Was bei Sonja, Britt, Türck, Vera und den anderen Talkshow-Frauen passiert, grenzt an Gleichschaltung.

Der Mann ist das Böse – Frau will nur einen lieben, netten, treuen Weggefährten. Sonst nichts. Und wenn sie ihn verlassen oder betrogen hat? Dann ist sie irgendwie auch im Recht.

Es ist nicht abzustreiten, dass viele Männer sich in die Betten der Frauen hineinlügen. Doch bei ernsthaften Beziehungen ist eigentlich stets der Mann emotionaler gebunden.

Er latscht ohne Plan durch sein Leben. Den Weg kennt nur Schatzi. Trotzdem hält er sich für komplett autark – weil ihn seine Frau nicht an die Leine gelegt hat. Nur begreift er nicht, dass seine Kleine statt einer altmodischen Leine hinter ihrem Rücken einen subtilen Beziehungs-Infrarot-Joystick hat, mit dem sie alle seine Bewegungen lenkt.

Ich drehe die Fernsehlautstärke auf volle Kraft. Die Dezibel sollen die bösen Gedanken vertreiben. Es klappt nicht. Bei Vera krakeelt eine Michelle, dass sie ihren Ex-Thorsten »total« gerne mag. Ihn deshalb auch regelmäßig sehen will. Derzeit-Freund Ronny kann und will das nicht verstehen. »Einmal im Jahr isch ok, sach isch«, sagt er, »aber nisch mehr.« Irgendwie verständlich. Aber warum wollen Männer nicht, dass die Freundin ihren Ex trifft? Nicht nur, weil die Sex hatten. Hauptsächlich, weil sie dieses Bedürfnis nicht nachvollziehen können. Wenn Jungs lieben, dann lieben sie. Dann spielt das, was in ihrem Leben vorher war, keine Rolle mehr. Ein weiterer Grund, warum Männer ausrasten, wenn die Ex einen Neuen hat – sie fühlen sich ausgelöscht. Ein Typ würde sich nur mit seiner Ex treffen, wenn »da noch Gefühle sind«. Das Gleiche denkt er von seiner Freundin.

Frauen sind differenzierter als Männer. Ob das besser ist, wage ich zu bezweifeln. Mädels vergessen keine Gefühle und haben mehrere Liebe-Levels. Von Männern würde man nie einen typischen Frauen-Satz hören wie: »Ja, ich bin glücklich mit meinem Freund. Ich liebe ihn. Ich werde ihn aber nie so lieben wie meinen ersten Freund.« Das gibt es bei uns nicht. Genauso wenig wie den Gedanken, dass die Liebste Sex mit anderen hatte. Oder jemals wieder haben könnte. Jeder Mann verabscheut den Gedanken, dass ein anderer in seiner Prinzessin rumgestochert oder, noch schlimmer, mit ihr Oralverkehr hatte. Das liegt an mehreren Dingen: Alle Männer wissen, wie viele Männer sind! Dass ein Typ die eigene Frau benutzt hat, in sie hineinonaniert hat, das macht fertig. Darum sollte sich jede Frau bewusst machen: Je eifersüchtiger der Liebste, umso verdorbener sein Frauenbild. Zusätzlich gibt es nichts, wovor sich Männer mehr ekeln, als das Glied und den Samen eines anderen. Sperma anderer wird als etwas empfunden, was das liebliche Weibchen verunreinigt.

Ich greife zum Telefon. Wähle ihre Nummer. Lege auf. Drücke Wiederwahl. Lege wieder auf. Ich kann nicht mehr. Das ist der Tiefpunkt. Es gibt doch diesen

Spruch: Es geht immer weiter. Stimmt. Und zwar abwärts.

Fragen, die mir die nächsten Wochen versauen werden, manifestieren sich in meinem Kopf:

Liebt *sie* ihn?

Wenn ja, mehr als mich?

Wird ihre Familie ihn genauso mögen wie mich?

Hat er schon ihre Brust angefasst?

Hat sie schon seinen …

Ich muss jetzt wirklich dringend in eine Bar.

Sex ist eine widerliche Veranstaltung, entscheide ich auf dem Weg ins Bad. Frauen wissen gar nicht, wie hart das für uns Männer ist. Bei Frauen sieht man nicht, ob sie heiß sind. Man gibt sich alle Mühe und denkt, die Länge (zeitlich und körperlich) und der Rhythmus wären okay. Aber heimlich hat sie vielleicht schon bei ihrer besten Freundin damit angegeben, wie viele Orgasmen sie schon vorgetäuscht hat.

»Ja, helft uns doch!«, schreie ich die Frau auf meiner Shampooflasche an. »Ihr habt es ja auch leicht! Männer haben genau eine erogene Zone. Die ist leicht zu finden. Wenn fertig, habt ihr einen Beweis. Leichter geht es nun wirklich nicht. Aber uns lasst ihr mit euren zugegeben wunderschönen, aber höllisch komplizierten Körpern allein.« Ich feuere meine Gesprächspartnerin auf den Boden. »Keinen Orgasmus? Schlechter Sex? Selbst schuld, ihr orgasmusunfähigen, gefühllosen, herzbrechenden, frigiden Schlampen. An allem seid nur ihr schuld!« Die Schauma-Frau reagiert erwartungsgemäß, nämlich gar nicht.

Ich will meine Zähne putzen. Es geht nicht. Ich ertrage den Anblick des Wasserhahnes nicht. Das rausspritzende Wasser ist unerträglich.

werbeweisheit

das Leben ist für mich ein tanz, alles eine frage der balance

Zweiundzwanzig
Party Talk

Autos sind die Titten des Mannes. Es ist besser, wenn sie groß und schön sind. Aber sie geben nicht den alleinigen Ausschlag. Ich fahre Golf – 75 B mit unspektakulären Brustwarzen.

Ich parke mein sekundäres Geschlechtsmerkmal in der Nähe des Hafens. Heute ist eine Party auf der *Capa-San*. Die *San* ist ein Museumsschiff, auf dem gelegentlich Feiern stattfinden. »Das einzige Party/Museumsschiff Deutschlands«, heißt es in der Werbung. Es ist grün und weiß und hat drei Masten. Dolle Frauen sucht man auf *Capa-San*-Partys vergeblich. Hier gibt es nur verwöhnte Internatlerinnen (versoffen, mit geerbter Neurose von Muttern), Elbletten (Perlenkette/Ohrringe, Pferdeschwanz, Barbour-Jacke, Hermès-Seidentüchlein um den Hals) und dickbeinige Hockeyspielerinnen. Manchmal auch alles in einer Person. Der einzige Grund hierher zu kommen ist der billige Alkohol. Und vielleicht noch die launigen Schlägereien, die man sich anschauen kann. Zu Streit kommt es auf dem Partydampfer ständig. Grund sind a) wie bereits erwähnt der billige Alkohol und b) die Party-untauglichen, engen und glitschigen Metalltreppen im Innenraum. Dauernd fällt jemand hin oder rempelt willenlos Leute an; schon kriegen sich zwei Deppen in die Haare. Was besonders lustig ist, da sich hier – wie auch schon gesagt – nur Internatsaffen und Hockeyspieler herumtreiben. Erst bepöbeln sie sich. Es folgt eine peinliche Rauferei, die schließlich mit einer Verbrüderung an der Bar endet (Arm in Arm wird ein Bier getrunken). Und das alles in Polo Ralph Lauren. Sehr lustig.

Es ist Punkt Mitternacht. Ich bin zu früh. Um halb eins bin ich drinnen verabredet. Toll. Und: Ich fahre heute Abend. Das heißt: kein Tropfen Alkohol. Noch toller.

Ich habe es zu Hause einfach nicht mehr ausgehalten. Wenn ich rauchen würde, würde ich mir jetzt eine Zigarette anstecken. Marlboro Lights wäre meine Marke. Radio an: *Dreams are my reality …* Aus! Ich kriege das kühle Kotzen bei diesem Seier-Song. Das Totaltrauma aus meiner Kindheit. Meine erste Begegnung mit Partys war der Film *La Boum – die Fete*. Ich hasse Vic – Sophie Marceau – und diesen schrecklichen Mathieu mit seinem Bartflaum und dem peinlichen Mofa. In meinen Sommerferien auf Sylt, die wir immer mit drei befreundeten Familien verbrachten, musste ich mir ständig diese schrecklichen Filme auf Video angucken.

Diese Ferien waren für mich der absolute Horror. Erstens war ich der Jüngste (drei Jahre Altersunterschied). Die Nächstjüngsten waren zwei Mädchen – das zählte also nicht. Wir wohnten alle zusammen in einem gelben Mehrfamilienhaus in Wenningstedt, das liegt zwischen Kampen und Westerland. Die anderen Familien waren miteinander verwandt. Das ließen mich die Kinder genauso spüren wie den Altersunterschied. Beim Verstecken-Spielen musste immer ich anfangen zu suchen. Es war gleich, wie viele ich fing. Thomas, der Älteste, wartete immer am längsten in seinem Versteck und klatschte dann mit »Miekrone« ab. »Miekrone« heißt, dass er »sicher« ist und alle anderen automatisch frei sind. Der »Sucher« (ich) ist natürlich erneut dran. Durch seine Befreiungen stieg sein Ansehen, meines fiel entsprechend.

Ich weiß bis heute nicht, ob »Miekrone« eine generelle oder erfundene Regel ist. Fing ich Thomas, sagte einer, der sich angeblich »frei«geklatscht hatte, während er lässig am Baum lehnte: »Ich habe vorhin nicht berührt. Miekrone!« Gegen die Meute kam ich natürlich nicht an. Wurde es mir nach dem neunten Mal zu blöd und ich blieb an meinem Baum stehen, beschimpften sie mich als »Mie-Hocker«, brachen das Spiel ab und gaben mir die Schuld. Also suchte ich meistens als Einziger.

War es irgendwann zu dunkel, durften wir uns einen Film aus der *La Boum*-Reihe angucken, was die Auswahl etwas erschwerte, da es nur zwei Teile gibt. Der Videorecorder, damals noch etwas ganz Exklusives, gehörte leider nicht meinem Vater, sondern einer der drei Familien, ich weiß nicht mehr genau welcher. Oft wünschte ich, es wäre der meines Vaters oder sogar meiner gewesen. Dann hätten die anderen mich gemocht.

Wir guckten dann also alle die französische Pubertäts-Schmonzette. Die Jungs fanden alle Sophie Marceau »scharf«, die Mädchen den Vollpenner mit dem ekeligen Flaum »voll süß«. Die blöde Sophie ließ sich Mathieu auf ihre Gardine drucken. Was zur Folge hatte, dass sie einen ein Meter langen Flaum anschmachtete. Ihr Vater hatte eine schlimme Warze, und ständig hörte sie dieses Lied: *Dreams are my reality*. Einmal habe ich meinen ganzen Mut zusammengenommen und gesagt: »Ich finde den Film blöd!« Es sollte natürlich besonders cool klingen, aber alle guckten mich nur verständnislos an. Und dann sagte Floh, der Zweitälteste, dick mit roten Haaren, Zahnlücken und Sommersprossen, auch noch verächtlich: »Du warst ja auch noch nie auf einer richtigen Fete.« Danach alle im Chor: »Genau!« Von denen auch niemand. Aber das war egal. Von da an war ich komplett disqualifiziert.

»Wichsen kannst du zu Hause, du Wichser.«

Erschrocken blicke ich nach links. Speedy trommelt wild mit beiden Fäusten gegen die Scheibe. Mit ihm bin ich auf der Party verabredet. Ich steige aus.

Speedy heißt eigentlich Anton, ist halb Spanier. Er hat schwarze lange Haare und trägt immer denselben grauen Anzug. Er sieht aus und redet wie Speedy Gonzales. Das ist wahrscheinlich der Grund, warum wir ihn Speedy Gonzales nennen – wenn er nicht dabei ist. Er begrüßt mich immer mit drei Küsschen auf die Wange. Jedes Mal vergesse ich, mit welcher Seite er anfängt, was immer zu Verwirrungen und peinlichen Situationen führt. Er ist hoch wie breit. Hat mal Football gespielt. Speedy ist lustig und ein notorischer Lügner. Mehr weiß ich nicht von ihm.

Speedy macht seinen Namen alle Ehre und hat es ganz besonders eilig. Er rennt in Richtung *Capa-San*, ich hinterher. Beim Schiff angekommen arbeiten wir uns durch enge Gänge, Alkoholleichen und über schmale Treppen zu dem Partyraum. Ich bin zum ersten Mal nüchtern hier.

Auf zwei Etagen, nur durch schmale Metalltreppen verbunden, wird gefeiert. Eine riesige Discokugel hängt von der Decke herab und wird von weißen Scheinwerfern angestrahlt. Rohre durchziehen, etwas über Kopfhöhe, die Location. Die Rohre schwitzen. Aus der oberen Etage werden Pappbecher heruntergeschmissen, volle und leere. Früher wurden noch Flaschen verkauft.

Die Treppen werden wegen des Schweiß-, Bier- und Schuhdreckgemischs immer glitschiger. Ich bestelle ein Wasser und suche mir einen guten Platz. Speedy habe ich aus den Augen verloren.

Plötzlich setzt *sie* sich auf mich.

»Toll dich zu sehen! Stört es dich, wenn ich mich zu dir setze?« Ihre Augen sind glasig, aber trotz des milchigen Schleiers funkeln sie. *sie* hat eine Fahne – und einen neuen Freund. *sie* gibt mir einen Kuss. Nicht richtig auf die Wange und auch nicht richtig auf den Mund. Wie zufällig streift *sie* mit ihren Lippen meinen Mundwinkel. Mein Gehirn ist vollkommen ausgeschaltet. Ich bin erschrocken, ängstlich und glücklich. Ich bringe kein Wort heraus. *sie* redet. »Komm! Lass uns rausgehen. Hier kann man sich nicht unterhalten.«

Wir gehen. Ich habe das Gefühl, dass jeder mich beobachtet. Soll ich stolz sein oder mich schämen?

Wir sind auf der Treppe. Ich habe Angst, dass *sie* ausrutscht. Nicht, weil ich mich um ihre Gesundheit sorge; wir könnten uns dann nicht mehr unterhalten, wenn *sie* sich verletzen würde. Und ich will so verdammt mit ihr reden. Außerdem wäre ihr Freund in einer tollen Lage. Er könnte sich dann nämlich »total lieb« um *sie* kümmern.

Kurz vor dem Ausgang zieht *sie* an mir. Hält mich am Arm fest. »Warte, ich bin gleich wieder da.« Ich zittere und habe den Drang, zur Toilette zu rennen. Ich lehne mich ans Geländer, warte.

Ich will nicht auf *sie* warten.

Natürlich will ich warten, bis *sie* wiederkommt.

Es darf aber nicht nach »auf *sie* warten« aussehen.

So sehr ich mich aber auch bemühe, ich entdecke niemanden, dem ich ein Gespräch aufdrücken könnte. Völlig paranoid versuche ich, Speedy per SMS zur Treppe zu lotsen.

»Da bin ich wieder.«

Hoffentlich hat *sie* nicht gesehen, was auf dem Display stand.

»Ich habe uns was zu trinken besorgt.« *sie* hält eine Flasche Sekt in der Hand. »Komm, lass uns gehen.« *sie* ergreift mein Handgelenk und zieht mich hinter sich her. Im Eilschritt gehen wir auf das Deck und setzen uns auf eine Bank am Ende des Schiffes; Heck heißt das, glaube ich.

Endlich sind wir alleine.

Wir hören noch dumpf die Musik; die Bank vibriert leicht durch den Bass. Ich kann nur ein paar Sterne sehen. Dafür hat der Mond eine Sichelform, die man nur aus kitschigen Bilderbüchern kennt. Es ist eine kühle und schöne Nacht. Ich mag es, wenn ihr kalt ist. Dann zittert *sie* immer ein bisschen, das sieht man immer so schön an ihren Locken, sie wippen ganz leicht in einem bestimmten Takt. Aber wenn ihr jetzt kalt wird, dann geht *sie* vielleicht. Ich gebe ihr vorsichtshalber meine Jacke. *sie* hält mir die Flasche hin. Ich nehme einen großen Schluck.

»Wie geht es dir denn so?«

»Gut«, sage ich. »Und dir?«

»Na ja. Ach, egal«.

»Nein komm, erzähl schon.«

»Meine Eltern streiten sich wieder so viel und Jan unterstützt mich überhaupt nicht.«

Jan also. Der neue Stecher.

»Er denkt nur an seinen Sport. Weißt du, da vermisse ich d…«

Was?

Was!

»Was …«

»Egal. Ich rede halt so gerne mit dir. Du kannst so toll zuhören. Hast du spucken geübt?«

Ich lüge. »Ja.«

»Das will ich sehen!« *sie* zieht mich zur Reling, diesmal an der Hand. »Leg schon vor!«

Ich spucke. Der Wind schlägt ihr so ziemlich meine ganze Spucke zurück ins Gesicht. Mir ist das so was von peinlich! Aber *sie* lacht. »Wenn es von dir kommt, ist es nicht schlimm. Den Geschmack kenne ich ja noch.« *sie* ist dran. Bei ihr ist es natürlich windstill.

»Na, so geht das!«

sie trinkt einen Schluck. Ich nehme ihr die Flasche beim Absetzen aus der Hand. Nicht weil ich wild auf den Sekt bin. Ich will ihre Hand noch einmal berühren. Aber es klappt nicht.

»Du weißt, dass ich dich immer noch sehr, sehr gerne habe, oder?«, sagt sie. »Wie geht es deinen Eltern eigentlich so?«

Das interessiert mich gerade gar nicht. »Gut.«

»Es war irgendwie schon ganz schön mit uns damals. Oh, warte mal!« Ihr Handy klingelt. »Wie? Ja, Jan. Bis gleich, Schatz! Was? Ja, ich freue mich auch.« Das sagt sie in das Handy hinein. Und zu mir: »Du, ich muss los, ich melde mich bei dir.« Halb gibt, halb wirft *sie* mir meine Jacke zu. Ich reagiere nicht. Sie landet in einer Pfütze.

Ich bleibe noch sitzen und trinke die Flasche leer. Dann fahre ich nach Hause. Speedy sage ich nicht mehr tschüss.

Manche stehen halt auf der anderen Seite der Liebe.

Der, die wehtut.

Miekrone.

i know that
ou can *guns'n'roses*
love me,
vhen there
is no one
eft to blame

Dreiundzwanzig
Lila ist die Farbe

Lila ist die Farbe der sexuell Unbefriedigten. Das habe ich irgendwo gehört. Vielleicht auch gelesen? Es stimmt jedenfalls. Mein Leben ist eine große lilafarbene Wurst.

Ich weiß nicht, wie lange ich keinen Sex mehr hatte. Aber es ist schon lange her. Ich habe das Gefühl, als ob mir mein Sperma bis unter die Stirn steht. Es anfängt, mein Gehirn aufzuweichen. Letztens habe ich geträumt, dass ich in eine Polizeikontrolle komme und pusten muss. Der Polizist guckte auf sein Gerät und sagte: »Sie haben nicht getrunken, aber Sie müssen mal wieder bumsen. Ihr Spermagehalt liegt bei 78 Promill, junger Mann.« Dann bin ich zum Glück aufgewacht – um frisch gedemütigt in den Tag zu starten.

Aber es gibt für mich zurzeit einfach keine Möglichkeit, Sex zu haben: Steht eine Frau auf mich, die ich nicht mag, will ich nicht mit ihr pennen. Punkt. Find ich eine »so ganz cool«, will ich sie nicht verletzen, vor allen Dingen aber mich selbst vor Stress beschützen. Denn die Erfahrung hat mich gelehrt: Behandelst du eine Frau nett, aber emotionslos und landest mit ihr in der Kiste, glaubt sie, sich in dich verlieben zu müssen. Erwiderst du dann nichts, flippt sie total aus. Spinnt sich mit ihren Freundinnen zusammen, dass du nur Angst vor einer festen Bindung hast und stellt dir tonnenweise Kuchen in Herzform vor die Tür. Dann hast du den Salat.

Auch ihretwegen kann ich keine Frauen abschleppen. *sie* würde es mitkriegen. Auch wenn ich gar nicht weiß, ob *sie* es überhaupt noch interessiert. Aber ich würde mir ewig vorwerfen, derjenige gewesen zu sein, der die zugeschlagene Tür endgültig abgeschlossen hat.

Pornos ausleihen ist auch schwierig. In meiner Videothek bin ich Stammgast, ich werde mit Vornamen begrüßt und muss keine Nachgebühren zahlen, wenn ich Filme zu spät zurückbringe. Also kann ich mir da unmöglich Wichsvorlagen holen. Extra in einer anderen Videothek Mitglied zu werden ist mir zu krank. Prostitution kommt auch nicht in Frage. Jede Nutte ist eine Tochter, Schwester, Freundin, keine lebende Wichsvor- beziehungsweise Wichsreinlage.

Und nach dem Selbst-Berühren bin ich nur noch peinlich berührt. Impotenz wäre zurzeit wirklich eine Gnade.

Meine Ersatzbefriedigung ist Sport. Nicht zum Abreagieren; es ist meine einzige Möglichkeit, scharfe, verschwitzte Frauenkörper zu sehen. Zwar fühle ich mich moralisch behindert, da ich merke, wie es die Frauen anwidert, begafft zu werden, aber ich kann nun mal nicht anders.

Obwohl mein Fitnesscenter nur ein paar Minuten Fußweg entfernt ist, fahre ich mit dem Auto. Es ist ein schöner Tag. Es ist extrem hell. Seltsamerweise ist die Sonne aber nirgends zu sehen. Die Wolken am Himmel sehen aus wie im *Simpsons*-Vorspann. Natürlich ohne die gelbe Schrift. In meinem Auto riecht es nach verschmortem Plastik. Das Lenkrad kann ich nicht länger als ein paar Sekunden anfassen, es ist kochend heiß.

Auf dem Weg ins *Powerhouse* muss ich immer durch eine Rotklinker-Neubausiedlung fahren, die so aussieht, als sei sie für Supermarktfilialleiter und Flughafen-Rollfeld-Busfahrer entworfen worden. Überall in dieser Siedlung sind Graffitischriftzüge an die Wand gepisst, dumme krakelig hingesprühte Namen wie *Fear* oder *Officer* verschandeln die eh schon hässlichen Fassaden. Hunde markieren ihr Revier mit Urin. Einer fängt an, dann pinkeln auf einmal alle an dieselbe Stelle. Fängt einer von den Hirnis an irgendwo hinzu*taggen*, ist übermorgen auch die ganze Wand dicht.

In der *Problemzone: Bauch*-Gruppe gibt es am meisten zu gucken. Am tollsten sind die letzten 15 Minuten. Dann werden Rückenübungen in der Doggy-Style-Position gemacht.

Ungefähr ein Sechstel der Gruppe sind Männer, allesamt noch fertiger als ich. Ich bin realistisch und komme nur zum Glotzen – die aber glauben, dass hier ein guter Ort sei, um Frauen anzusprechen. Stand bestimmt mal in der *Men's Health*.

Während ich warte, dass die Hüpf-Menschen, die vorher den Raum belegen, endlich aufhören und ich mir den strategisch besten Platz hinten rechts in der Ecke besorgen kann, wandert mein Blick über die Gerätelandschaft. Stöhnende Muskelberge mit raspelkurzen Haaren trainieren sich an weißen Foltermaschinen halb debil, um abends enge T-Shirts tragen zu können. Solche Pumperjungs trainieren meistens zu zweit. Sie haben immer die coolen Trainingshandschuhe aus Neopren oder Latex an, nicht die weißen gestrickten. Feuern sich mit: »Los, einen noch, du Schlappi!« oder »Jetzt mit Schmackes!« an. Dann wird laut eingeklatscht. Nach jeder Übung.

An der »Sports-Bar« sitzen ein paar Hausfrauen in gelben Leggings und trinken Bananenshakes, während sie alte *Fit for Fun*-Hefte durchblättern. Wahrscheinlich zwingen ihre Ehemänner sie dazu, hier zu trainieren. Sie werden hier abgesetzt und müssen die Zeit totschlagen, bis »Eckart« sie wieder abholen kommt.

Bei den Laufbändern bleibt mein Blick hängen. Ein schwitzendes Laufbandmädel fesselt meinen Blick. Sie trägt eine graue Trainingshose mit einem kleinen Loch am linken Knie, Nike Shocks und ein Unterhemd, auf das vorne Muhammad Ali gedruckt ist. Ihre blonden Haare hat sie zu einem Zopf gebunden. Sie ist klein.

Eins fünfundsechzig würde ich sagen. Sie muss schon lange laufen. Schwitzt tierisch.

Eigentlich finde ich blonde Frauen nicht so aufregend. Blonde Haare und ein hübsches Gesicht wirken auf mich zwar sexy, aber auch kühl und unnahbar. Dadurch fehlt für mich der Faktor zur absoluten Traumfrau, das Warme, Liebevolle. Das liefern Blondinen nicht. Die absolute Traumfrau ist eine Mischung aus süßer Gemeinsam-Videogucken-im-Trainingsanzug-Frau und Was-Scharfes-für-die-Kiste-Weib. Eine, die man auf dem Küchentisch *und* mit zu seinen Eltern nehmen kann. Das Laufbandmädel ist, trotz der blonden Haare, so eine seltene Hammermischung. Ich entscheide mich gegen die Bauchgruppe und nehme das Laufband neben ihr.

Ich versuche gelangweilt oder professionell zu wirken, oder auch beides, als ich mich auf das Laufband stelle. Tue, als ob ich mich stretche, während ich schnell die Bedienungsanleitung überfliege. Ich fange mit schnellem Gehen an und steigere mich dann zum Joggen. Das habe ich mal so gesehen.

Obwohl ich ein schweres Programm eingestellt habe, läuft ihr Band viel schneller als meins.

Nach 800 Metern presse ich ein »Schön leer hier heute!« heraus. Eigentlich wollte ich »Schön hier!« sagen. Da das Center aber genauso wenig schön wie leer ist, hätte das ähnlich wenig Sinn gemacht.

Keine Reaktion.

Sie scheint mich nicht gehört zu haben. Gerade als ich mich darüber freuen will, weil ich nun noch einen besseren Spruch platzieren kann, schaut sie doch zu mir rüber. Trotz ihres Hammertempos mustert sie mich in aller Ruhe. Dreimal von oben bis unten. Dann guckt sie wieder geradeaus. Lässt sich zehn Sekunden Zeit und sagt: »Schau mal. Ich bin schon drei Kilometer gelaufen. Du erst ein paar hundert Meter. Ich bin über zwei Kilometer vor dir. Ich kann dich gar nicht hören.«

Ein Megakorb.

Den goldenen Bagger gewinne ich dieses Jahr ganz sicher nicht.

Ich bin sauer. Hätte ich mich für die Bauchgruppe entschieden, könnte ich jetzt nett Ärsche gucken. Aber nein, ich muss jetzt wie ein Bescheuerter auf der Stelle laufen, weil ich nicht mit den Spatzen zufrieden war, sondern auf die Taube losgehen musste.

Aufhören geht jedenfalls nicht. Den Triumph gönne ich der nicht. Also torkle ich weiter auf dem Laufband. Genervt und wütend, aber immer wieder linse ich zu dem Laufbandmädel. Ich kann nicht aufhören sie zu betrachten. Unlustig war der Spruch nicht. So sollten Frauen reagieren. Finde ich.

Ich weiß nicht, ob es die Glückshormone sind, die beim Joggen angeblich ausgeschüttet werden, aber ich fühle mich anders. Wie die Nummer 31 bei meinem Chinaimbiss: *süßsauer*. Aber viel süßer als sauer. Und angekommen. Obwohl ich laufe, fühle ich mich zu

Hause angekommen. So ähnlich wie damals, als ich aus dem Flugzeug heraus zum ersten Mal die Skyline von Manhattan gesehen habe. Nur ist das Gefühl jetzt zehnmal stärker. Besser kann ich es nicht beschreiben. Ich fühle mich süßer als sauer angekommen.

Ich verdoppele meine Geschwindigkeit. Ich jogge nicht mehr, ich renne. Nicht wie der Wind, eher wie ein Kind. Meine Arme fliegen durch die Luft. Wirbeln wild umher. Meine Füße knallen auf das schwarze Plastik des Bandes. Ich habe meine Schuhe nicht zugebunden. Die Schnürsenkel in den Schuhen schneiden sich in die Ferse. Die *Dr. Oetker*-Tunfischpizza von heute Mittag macht sich in meinem Magen bemerkbar. Alles egal. Ich renne! Schneller als *Forrest* und *Lola* zusammen. Es ist Zeit. Ich werde mich endlich überholen.

only a fool vill loose tomorrow eaching back or yesterday

dionne warwick

Erstes Ende

Man muss tun, was man tun muss. Damit fängt alles an und damit hört alles auf. Ich muss rennen. Und das tue ich! Ich renne und renne, zurück zu meinem Anfang.

Meine Brauen halten dem Schweiß nicht mehr stand. In einer Tour tropft mir ein warmes Gemisch aus Salzwasser und Haarwachs in die Augen. Aber weil die Jogger-Lady immer wieder zu mir herüberschaut und ich auf einmal seltsam eitel bin, muss meine Hornhaut sekundenlang leiden und brennen, bis ich mir erlaube, die Augen sauber zu wischen.

Ich glaube, eben hat sie es gesehen.

Und gelächelt.

Auf einen Kilometer bin ich an ihr dran!

Unerwartet prustet es plötzlich von rechts: »Ist gut jetzt. Ich weiß, was du vorhast!« Aber ich finde, ihre Stimme klingt weicher, zwei Stufen höher und geschmeichelter – im Gegensatz zu der ersten Kontaktaufnahme.

»Entschuldige, du bist so weit vorne. Kann dich leider nicht hören«, entgegne ich und lache – zum Glück nur in mich hinein. Ich bin jetzt nur noch etwa hundert Meter hinter ihr. Doch mein emotionaler *Point of no Return* ist überschritten. Ich will nicht mehr warten. Also stelle ich mein Band langsamer, verdecke die Anzeige mit meiner linken Hand und sage: »Hey, wenn du willst, können wir in dem Café gegenüber was trinken gehen. Falls du mich jetzt hören kannst.«

»Gern. Bis gleich«, entgegnet die Jogger-Lady, lächelt, nimmt einen Schluck aus ihrer Seltersflasche und geht schnurstracks Richtung Umkleidekabinen.

Ich warte, bis sie um eine Ecke verschwunden ist. Dann schalte ich auch mein Band aus. Endlich! Alles (außer meiner Trainingshose) tut weh. Mir ist schwindelig, und ich würde mich jetzt gern übergeben. Aber das geht leider nicht – erstens sind zu viele Leute hier und zweitens ist ein kotzegetränkter Atem beim ersten Date wahrscheinlich nicht vorteilhaft.

Auf dem Weg zur Umkleide fällt mir ein Stern vom Herzen, landet im Darm und verglüht.

Neben meinen Klamotten und einer Horde nackter, pickeliger Männerärsche warten im Dressingroom jede Menge Fragen auf mich:

Geht sie erst noch duschen?

Soll ich duschen?

Aber wie peinlich ist es, wenn nur ich dusche und sie warten muss?

Sah sie wirklich gut aus?

Muss ich sie gleich begrüßen? Und wenn, wie?

Worüber soll ich mit ihr reden?

Kommt sie überhaupt?

Hoffentlich kennt sie *sie* nicht!

Wie lange werde ich längstens warten, falls sie nicht kommt?

Viele Fragen und nur eine Antwort: Ich bin aus der Übung und eine Wurst. Mir wird wieder schwindelig, und die Männerärsche machen mir Angst. Wie ferngesteuert von jemandem, der es gut mit mir meint, stopfe ich die sauberen Klamotten aus dem Schrank in meine Tasche und mache mich auf den Weg in das Café.

Als ich komme, sitzt sie schon da. Sie liest die *Frankfurter Allgemeine Zeitung*. Ich bin erleichtert: Jogger-Lady kann lesen! Wenn man jemanden beim Sport kennen lernt, kann das genau wie bei jemanden, den man beim Feiern kennen lernt, im Tageslicht ziemlich fies enden. Beim Körperertüchtigen siehst du deine potenzielle Lebensabschnittspartnerin nur im Sportdress. Hast keine Ahnung, was sie noch so macht und was ihre Interessen sind. Beim Ausgehen siehst du die Leute nur im schlechten Licht, total hergestylt und mit Alkohol im Blick. Später kommt häufig das böse Erwachen. Ein Bekannter von mir musste mal mit einer Buffalo- und Bomberjacken-Prolette mit Schweißnote im Achselbereich und rechtsradikalen Tendenzen im Kopfvakuum essen gehen, weil sie am Abend vorher noch »total super« ausgesehen hatte.

Jogger-Lady dagegen scheint wirklich toll zu sein. Sie packt die Zeitung in ihre Tasche (Sie hat sie also nicht nur gelesen, weil sie da rumlag, es ist ihre!) und winkt, als sie mich sieht. Ich mag winken. Zumindest ab heute. Winken ist süß und selbstbewusst.

Sie trägt ihre blonden Haare jetzt offen. Ihr Gesicht erinnert mich an die gut gelaunten Mädchen von den Bund-Deutscher-Mädels-Propagandaplakaten aus meinem Schulgeschichtsbuch. Klar, hübsch, offen und fröhlich. Wie aus Marmor geschlagen. Eigentlich mag ich keine Muttermale, aber ihres ist wundervoll. Es ist direkt unter dem linken Auge. Ich bin begeistert!

Ich sage »Hallo, na« und setze mich. »Na« bekomme ich als Antwort. Ich bin froh, dass keiner von uns den »Ich kann dich nicht hören ...«-Witz zur Begrüßung wiederholt – anfänglich gute Spitzen werden selten besser, wenn man sie wiederholt.

Jogger-Lady hat noch nicht bestellt. Sehr gut! Wieder bestanden. Es gibt so ein paar Dinge, auf die Männer bei Frauen achten – von denen Frauen nichts wissen. Zum Beispiel hat jeder brauchbare Mann *In den Straßen der Bronx* mit Robert de Niro gesehen. Der Film ist eher schlecht, hat aber eine wunderbare Szene. In der erklärt de Niro seinem Sohn, wie man »die Richtige« erkennt: Wenn man einer Frau die Autotür zuerst öffnet, sie sich dann über den Sitz lehnt und den Knopf der Fahrertür hochzieht, ist sie die Frau fürs Leben. De-Niro-einfach und De-Niro-wahr. Frauen, die diesen Trick kennen, haben bei den meisten guten Jungs schon gewonnen und können damit sogar den einen oder anderen Figurmangel kaschieren.

Genauso wichtig ist, wie sich die mögliche Herzdame beim Essen- oder »Was trinken«-gehen benimmt. Was isst sie? Wie isst sie? Wie behandelt sie die Kellner? Tut sie wenigstens so, als wolle sie ihren Teil bezahlen? Jogger-Lady hat noch nichts bestellt, bevor ich gekommen bin. Das lässt schon mal auf gute Kinderstube schließen. Toll!

»Wollen Sie die Karte?«, unterbricht die weibliche Bedienung, die wie der Sohn von Harald Juhnke aussieht, meine Gedanken.

»Nein danke«, antworte ich, sehe Jogger-Lady an und frage: »Oder brauchst du sie? Nein? Okay, dann können wir bestellen.« Mit einer Handbewegung deute ich Frau Juhnke an, dass meine Begleitung zuerst ordern möchte. Jogger-Lady schaut so, wie ich geguckt haben muss, als ich sie mit der Zeitung sah. Erleichtert. Vielleicht haben Frauen auch so eine »Wie-Jungs-sich-zu-benehmen-haben«-Liste. Sie ordert einen Caffé Latte und ein stilles Wasser, ich eine Apfelschorle.

Wir unterhalten uns blendend. Zum ersten Mal höre ich sie lachen – wegen einer Bundeswehranekdote. Ich erzählte von dem einzig amüsanten Erlebnis, das ich mit dem Tragen von olivgrüner Kleidung verbinden kann: meiner Schießprüfung, die ich nur bestand, weil der Volldepp neben mir auch auf meine Scheibe geschossen hatte. Und dass meine Einheit nach Kriegsbeginn eine durchschnittliche Lebenserwartung von 32 Sekunden hatte, meine Vorgesetzten aber meinten, ich würde nicht mal zehn Sekunden überstehen. Sie lacht ausgelassen wie ein Junge. Wenn ich in eine andere Richtung gucke, mustert sie mich.

Jogger-Lady muss los. Wirklich los, nicht cool-als-Erster-los. Wir verabreden uns für den nächsten Tag. Gleich am nächsten Tag treffen? Das ist doch was! Kein Rarmachen, kein Rumgedeale, wer ruft wen, wann und dann sowieso erst nach zwei Tagen an. Wir verabschieden uns mit zwei Küssen auf die Wange. Erst sage ich »Bis morgen«, dann sie, um eine tausendstel Sekunde versetzt. Zum Glück stehen unsere Autos genau in verschiedenen Richtungen. Verabschieden und dann in die gleiche Richtung gehen müssen ist dumm.

Als ich in mein Auto steige, fühle ich mich, als ob ich mir einen Riesenpopel aus der Nase gezogen habe. Ich kann frei atmen.

***arnold schwarzenegger in* terminator**

i'll be back

Endlich

Seit zwei Wochen verbringen Jogger-Lady und ich jeden Tag zusammen.

Jogger-Lady heißt Anna. Sie will sich ein Auto kaufen. Morgens um zehn kommt sie zu mir. Erst wird gefrühstückt, dann besuchen wir seltsame Menschen, die in der *Avis* inseriert haben. Wenn wir damit fertig sind, gucken wir bei ihr Soaps, gehen einkaufen oder joggen. Abends, wenn sie in ihrem Restaurant kellnert, esse ich dort und warte auf sie, bis sie Schluss hat.

Ich gehe zurzeit nicht in die Uni. Mein Leben läuft. Endlich wieder! Akademischer Stress soll mir da nicht in die Quere kommen.

Sie geht vertraut mit mir um. Das gefällt mir. Und könnte ich lieben. Wenn Anna mich ihren Freunden vorstellt, habe ich das Gefühl, dass sie stolz auf mich ist. Bei meiner Ex war am Ende jeder Bekannte wichtiger als ich. Ich glaube, wenn man jemanden wirklich liebt, fängt man an, sich selbst von außen zu betrachten. Erkennt die eigenen Fehler und Macken und feilt sie dem anderen zuliebe ab. Liebt man jemanden nicht ehrlich, glaubt es aber, sieht man ihn mit den Augen anderer und fängt an ihn zu verbiegen.

Meine Freunde sagen: »Entweder ihr ist langweilig oder sie ist total in dich verknallt.«

Schon zweimal hat Anna bei mir geschlafen. In meinem Bett. Ist aber nichts gelaufen, nicht mal Geknutsche. Das erste Mal übernachtete sie aus zeittechnischen Gründen bei mir: Wir mussten um sieben Uhr früh bei einem *Avis*-Freak sein. Beim zweiten Mal rief sie nachts um kurz nach zwölf an und fragte, ob ich schon *Hör mal, wer da hämmert* gesehen hätte. Ich antwortete: »Nein.« Was natürlich nicht stimmte. Sie schlug vor, die Wiederholung bei mir zu schauen, da sie gerade in der Nähe wäre, und dann könnte sie ja auch gleich bei mir pennen. Sie brachte etwas zum Frühstücken mit.

Meine Freunde sagen: »Wenn das erste Mal nichts passiert, hält sie dich für einen Gentleman. Wenn das zweite Mal nichts passiert, hält sie dich für schwul.«

Heute sind Anna und ich den ersten Abend getrennt. Sie geht mit Freunden in den *Zin*-Club, ich bin auf Ollis Geburtstag eingeladen. Olli denkt, dass es toll ist, seinen Geburtstag in einem Strip-Club zu feiern. Seine Gäste sehen das anders. Es ist nicht mal ein guter Club, *Muschi Cat* heißt der Schuppen und ist in dem gleichen Zustand wie die Moral eines Kinderschänders. Erbärmlicher als abscheulich. Es stinkt nach ungewaschenen Geschlechtsteilen, Schwäche und dreckigem Geld. Ein Partygast namens Tobi, den ich weiter nicht kenne, hat sich in der Toilette auf ein benutztes Kondom gesetzt. In der Mitte des Clubs räkelt sich eine Frau, die nie gute Jahre hatte, auf einer sich drehenden Scheibe, die mit Kunstrasen ausgelegt ist. Abwechselnd führt sie sich einen blinkenden Vibrator oder die Bierflaschen von Gästen aus der ersten Reihe ein. Olli ist schon jenseits. Er schreit nur noch wild gestikulierend »*Live the dream!*« oder fragt die arme Frau auf dem Pechrad: »Was ist der Sinn des Lebens?« Sie hat Angst vor ihm. Es ist viertel vor elf.

Happy Birthday.

Vorher waren wir noch zum Essen bei Olli eingeladen. Es gab Wein, Wodka, Bier und eine Tüte Chips, die schon leer war, als ich angekommen bin. Wir, das sind zwölf Jungs.

Außer Olli kenne ich hier niemanden. Und nicht mal ihn kenne ich wirklich. Olli wohnt seit Jahren gegenüber von meinen Eltern. Als Kinder haben wir zusammen gespielt. Jetzt tun wir noch so, als ob wir ganz eng wären. Treffen uns aber eigentlich nur zu Geburtstagen und telefonieren einen Tag nach Weihnachten. Wenn ich einem Fahndungsbildmaler bei der Polizei Olli beschreiben sollte, könnte ich es nicht. Wenn uns jemand fragt, wie lange wir uns kennen, sagen wir: »Schon immer!«

»Jungenabend ist doch cool«, hat Olli gesagt, als er mich eingeladen hat. Ich glaube, er würde gerne auch

Mädchen einladen, aber er kennt keine. Was seltsam ist, denn bei Jungs ist er sehr beliebt. Normalerweise hält sich das ja die Waage: Entweder finden einen Frauen cool, weil man auch bei den Jungs was zu sagen hat. Oder Männer finden einen Typen gut, weil er ein Frauentyp ist und für sie was abfällt.

Niemand weiß genau, wie alt Olli heute wird.

Anscheinend hat die Stripperin (was die falsche Bezeichnung für sie ist, da sie die ganze Zeit komplett ausgezogen ist) mitgekriegt, dass heute jemand Geburtstag hat. Hysterisch schreit sie: »Wer hat Geburtstag, wer hat Geburtstag?« Obwohl Olli an einem Tisch in der ersten Reihe sitzt, kriegt er von all dem gar nichts mit. Aber einer der wenigen Gäste außer uns brüllt plötzlich und unnötigerweise »Der da!« und zeigt auf das Geburtstagskind.

Der wahrscheinlich osteuropäische Nacktfrosch hat ihre vorherige Angst vor dem sturztrunkenen Schreihals offensichtlich vergessen und beginnt sofort auf Olli zuzurobben. Vergebliche Liebesmüh – der kriegt immer noch nichts mit. Noch auf der Scheibe liegend streckt sie ihren rechten Arm nach ihm aus, zieht ihm die Brille von der Nase und robbt schnell wieder in die Mitte. Dort angekommen führt sie sich rhythmisch erst die Brille mitsamt dem linken Bügel vaginal und dann den Bügel rektal ein. Als wäre dies nicht schon schlimm genug, singt sie dabei auch noch: »Hoch soll er leben.« Alle müssen lachen. Nur Olli nicht. Der kann nichts mehr sehen und ruft abwechselnd »Das ist nicht witzig!« und »Wo ist meine Brille?«.

»Das willst du nicht wissen«, grölt der Kerl, der ihn verraten hat. Ein Typ, der mir vorhin als Martin vorgestellt wurde, schläft auf seinem Tisch und schwitzt wie ein Schwein.

Das, was mal eine Frau war, stellt sich auf ihre Scheibe und ruft: »Hey, alle mal herhören. Wer will die Brille kaufen? Wer am meisten bietet, gewinnt.«

»Hier!«, ruft der nervige Gröl-Heini. »Ich!« Rennt nach vorne, wirft fünfzig Euro auf den Kunstrasen, steckt die Brille ein und geht zurück an seinen Tisch. Als er sich setzen will, ruft Tobi: »Hey, Alter, gib dem Jungen bitte seine Brille wieder.«

»Nö«, entgegnet der, »da ist lecker Muschi dran.«

»Komm, der hat doch Geburtstag«, sagen jetzt drei oder vier aus der Geburtstagsgesellschaft.

»Das ist mir scheißegal«, kommt zurück.

Tobi will jetzt lieber mit Taten argumentieren. Er schleudert seine noch halb volle Bierflasche in die Richtung des Asis, verfehlt ihn aber um einen knappen Meter. Den Althirni interessiert das wenig. Im Gegensatz zu den Türstehern. Wir fliegen raus. Bis jetzt das Beste an diesem Abend.

Vor dem Club beginnt umgehend die Standard-Jungsgruppe-rausgeflogen-Diskussion. Besoffene, dumme Sätze wie »Das können wir uns nicht gefallen lassen«,

»Polizei rufen«, »Auf die Fresse hauen«, »Den anrufen, der ist voll heftig und macht die alle fertig« schwirren wie Schmeißfliegen durch die Luft. Während eines solchen Selbstbewichsens entfernt sich der durchschnittlich feige Jungsmob ganz nebenbei vom Tatort – damit es nicht wirklich Ärger gibt. Bis einer (der dann bis auf weiteres als Feigling gebrandmarkt ist) sagt: »Ist doch egal, was machen wir jetzt?« Das wäre heute Ollis Ding. Der hat Geburtstag und keine Brille mehr. Ihm würde das keiner übel nehmen. Aber Olli sitzt auf einer Bank und starrt ins Leere. Ich bin mir nicht sicher, ob er weiß, dass er nicht mehr in dem Strip-Laden ist.

Ich will los. Zu Anna. Bin auf Entzug. Also übernehme ich die unehrenhafte Aufgabe: »Ist doch auch egal, was machen wir denn jetzt?« Erleichtert richten sich zehn Augenpaare (alle außer Ollis) auf mich. Es wird diskutiert. Was kann man nur machen? Ich halte mich raus aus der Diskussion. Ich will bloß den Pulk nicht auf die Idee bringen, in den *Zin*-Club zu gehen. Ich warte auf eine Möglichkeit, mich abzuseilen.

Die meisten wollen eine Bar- und Kneipentour machen. Der Rest passt sich an. Auf einmal süffelt Olli von seiner Bank: »Scheiß Geburtstag. Ich will sofort nach Hause.«

Das ist meine Chance. »Okay«, sage ich. »Ihr sucht ihm noch ein Taxi und macht eure Tour. Ich bin noch im *Zin*-Club mit ein paar Freundinnen verabredet. Man sieht sich.« Mache kehrt und entferne mich, ohne Händegeschüttel, schnellen Schrittes.

Ich stehe an der nächsten Hauptstraße und warte auf ein Taxi. Mit dem Handy kann ich keins rufen, denn nirgends ist ein Straßenschild zu sehen. Ein paar Laternen leuchten gelangweilt vor sich hin. Aber die Hochhäuser an beiden Straßenseiten, die aus einer *RTL-2*-Reportage über den armen Osten stammen könnten, verschlucken das Licht. Es fängt an zu nieseln. An jedem Gebäude sind Graffiti. Eines muss frisch sein. Es riecht nach Farbe.

Licht. Ein Auto kommt. Es ist ein Taxi. Das gelbe Schild leuchtet. Es ist frei. Ich winke. Erst lässig. Je näher es kommt, umso hysterischer. Mit beiden Armen und vollem Körpereinsatz. Als es eigentlich schon vorbei ist, bremst der Wagen. Ein neues S-Klasse-Taxi. Wie sich das rentiert, will ich mal wissen. Ich steige ein.

Ein älterer, sehr gut aussehender Mann mit grauem Haar bis auf die Schultern und mit arttypischer, brauner Lederweste sitzt am Steuer.

»Können wir einen Sieger fahren?«, frage ich. Sieger fahren ist Fahrer-Slang. Bedeutet, dass der Taximann den Zähler nicht anstellt, einen für die Hälfte fährt – und das Geld schwarz einsteckt. Klappt immer.

»Joach. Wo willst du denn hin, Junge?«

»*Zin*-Club.«

»Och nöh. Das's zu weit für 'nen Sieger, du. Machen wir lieber die Uhr an.«

»Okay.«

Er startet den Wagen. In diesem Moment reißt jemand die Tür auf.

Ein Typ, der wohl auch auf der Geburtstagsparty war, aber keinen Piep gesagt haben kann, lässt sich zu mir in den Wagen plumpsen. »Hey, warte mal. Ich komme mit.«

»Äh … warum denn?«

»Ich habe keine Lust, mit den anderen mitzugehen. Ich kenne keinen von denen. Außerdem habe ich mehr Lust auf Disco. Und du meintest, du wärst da mit Weibern verabredet. Das klang besser.«

»Und dann hängst du dich einfach mal ungefragt dran«, gleitet es aus mir heraus.

»Ja, so kann man das sagen. Ich heiße übrigens Christoph.«

Mein Name interessiert ihn nicht. Er ist eine schlechte Ausgabe von einem Christoph. Trägt einen grauen Nadelstreifenanzug, ein rotes Seidentuch unter seinem weißen Hemd und hat schwarze gewellte Haare. Christoph ist einer von der Sorte Mensch, die die erste Halbzeit ihres Lebens noch nicht hinter sich haben, aber schon so weit zurückliegen, dass sie nicht mehr gewinnen können.

»*Zin*-Club«, knirsche ich dem Fahrer noch mal zu.

»Joh«, ruft der und fährt los.

Ich schaue krampfhaft nach draußen. Nicht zu viel reden. Gleich unfreundlich sein. Dann lässt er mich vielleicht in Ruhe.

Falsch. Christoph erzählt munter drauflos.

Er ist einer der jüngsten Immobilienmakler der Stadt. Macht sich bald selbstständig. Ist nämlich »schweineerfolgreich, weißt du«. Er redet so laut, dass auch der Fahrer jedes Wort mitkriegen muss. Den interessiert es offensichtlich nicht, weswegen ich mich ihm sehr verbunden fühle.

Es hat jetzt richtig angefangen zu regnen. Auf der linken Seite der Scheibe laufen die Tropfen schneller runter als rechts. Warum?

Mittlerweile ist der Immobiliendepp bei dem Thema *Arbeitslose, die nicht arbeiten wollen* angelangt. »Ich meine, nichts gegen Sie da vorne, aber Taxi fahren könnte doch jeder, oder? Was sagst du?«

»Man muss das Kind beim Namen nennen. Sonst ruft man es die ganze Zeit falsch«, antworte ich.

»Genau«, sagt Christoph.

Wir sind da. Christoph hat kein Geld. Es ist doch immer wieder doll, wenn sich Leute selbst entlarven. Ich zahle. Christoph sagt: »Gebe ich dir gleich wieder.«

Vor dem Club gibt es zwei Schlangen. Eine ist mindestens zehn Meter lang, trägt Gucci-Sonnenbrillen, Nietengürtel und ist klitschnass. An der anderen Schlange stehen nur zwei Pärchen an. Die werden sofort durchgelassen. »Hier nur für Leute mit Einladung oder die auf der Gästeliste stehen!«, ruft der Türsteher und zeigt dahin, wo eben noch die Minischlange stand. Anna hat mir eine Einladung gegeben, schon vor ein paar Tagen. Sie gilt für zwei Personen. Das sage ich Gustav Gans aber nicht. Stattdessen sage ich: »Ich habe eine Einladung. Du musst doch eh Geld holen. Da hinten ist ein Automat. Bis du wieder hier bist, ist die Schlange bestimmt weg. Lass uns drinnen treffen.« Ohne eine Antwort abzuwarten gehe ich. Christoph ruft noch hinter mir her, ob ich nicht zum »Geldspucker« mitkommen könnte. Ich tue so, als könnte ich ihn nicht hören.

Der Doorman hält mich grob am Arm fest. »Einladung?«

»Ja, hier.«

»Okay, viel Spaß.«

Der *Zin*-Club ist auf der obersten Etage eines alten Plattenbau-Hotels. Man muss mit einem Siebziger-Jahre-Fahrstuhl in die zweithöchste Etage fahren, dann die letzte Treppe gehen. *Höchstens fünf Personen* steht, mit Edding geschmiert, auf einem Zettel an der Verkleidung.

Ich bin diesen Fahrstuhl noch nie mit weniger als zehn Personen gefahren. Jedes Mal sagt irgendwer: »Ey, jetzt stecken bleiben. Das wäre krass.« Dann lachen alle mit ihrer Discolache.

Ich glaube, die Veranstalter haben den Aufzug frisieren lassen. Er fährt ein ganzes Stück schneller als normale Fahrstühle und es scheppert ungesund, wenn er anhält. Grüne und gelbe Schaumstoffreste, durchzogen mit Alufolienstreifen, quellen aus Löchern an der Aufzugdecke.

Der Club ist *packed*. Es ist unsagbar heiß. Die Leute hier sind nasser als die draußen. Ich sehe mich um.

Ex ist da.

Ich hätte es nie für möglich gehalten, dass es mich mal so wenig interessieren könnte, Ex zu sehen. Natürlich erschrecke ich. Doch nur ein Sechzehntel so wie noch vor ein paar Wochen.

Als Ex mich sieht, wird epileptisch gewunken. Ex lacht und läuft mir entgegen. »Heeeey, wie geht es dir? Hast du kurz Zeit für mich? Ich muss dir was sagen.« Während Ex mit mir redet, werde ich zweimal von ihr an der Hüfte berührt.

Ich habe keine Lust, mit ihr zu reden. »Es geht mir gut, danke.« Ich will Anna. »Sei mir nicht böse, aber ich bin verabredet. Ein anderes Mal.«

Ich renne zwischen Zigarettenautomaten, den zwei Bars, der Tanzfläche und der Damentoilette hin und her. Meine Vorfreude Anna zu sehen ist gepaart mit einer dumpfen Angst, sie könnte einen Besseren als mich gefunden haben – in den zwei Stunden, die sie hier schon alleine ist. Gut möglich.

Da ist Anna. An der Bar. Allein!

Zwei Meter daneben steht Ex. Wie ein dunkler

Schatten, den man dem Teufel für lau überlassen würde. Blitzt mich mit ihren Augen an, leicht zugekniffen. Das kenne ich von früher. In ihrer Sprache heißt das, ich soll ein schlechtes Gewissen haben.

Ich stelle mich hinter Anna, die gerade versucht den Barkeeper heranzuwinken, und umarme sie.

»Hi, na endlich bist du hier!« Anna fängt sofort an, irgendeine Geschichte zu erzählen. Ich höre gar nicht hin. Ich schaue sie an und freue mich pur. Ex begafft uns erstaunt und angestrengt.

Es ist Zeit.

Ich versuche Anna zu küssen.

Sie weicht aus. »Spinnst du, was soll das?«

Ex hat es gesehen und lächelt. Erst erleichtert. Dann hämisch.

Ich drehe mich weg, ohne noch etwas zu sagen.

Jogger-Lady versucht mich festzuhalten. Aber nicht so richtig. Schon bei meinem ersten Schritt von ihr weg lässt sie meinen Ärmel los.

Ich steige in eins der Taxen, die vor dem Club warten. Ohne zu fragen, wohin ich will, fährt der Fahrer los. Es ist derselbe, der mich hergebracht hat. Es gibt nichts Traurigeres als eine Taxifahrt durch die Nacht alleine nach Hause.

Ständig wird ein Trauerkloß in meinem Hals durch einen freudigen Adrenalinstoß die Kehle hoch zerstört. Immer abwechselnd.

Kloß. Stoß. Weg Kloß.

Kloß. Stoß. Weg Kloß.

Kloß. Stoß. Weg Kloß.

Ich stecke meine rechte Hand in die Hosentasche und fange an, an meinem Ding zu spielen. Vielleicht geht dann genug Blut aus meinem Hirn raus, damit ich nicht mehr denken muss. Auf jeden Fall ist er startklar, wenn ich zu Hause bin.

So fühlt sich also Liebeskummer wegen eines anderen Menschen an.

Ich lache. Laut. Der Taxifahrer dreht sich um und schaut mich an. »Geht es dir gut, Junge?«

»Ja«, sage ich.

Er schüttelt den Kopf und guckt wieder auf die Straße.

»Ja, mir geht es gut«, sage ich noch mal. Lache wieder. Der Arme ist verstört. Mein Schwanz wird langsam steif. Ich schwöre mir, wenn ich mir zu Hause gleich einen schrubbe, an keine der beiden zu denken.

Dies ist kein Ende und nicht fröhlich, sondern mein Happyend.

Danke

Jonny Markworth, Monika Lewinsky, Jörg Walberer, Roman Raacke, Alexander Stilcken, Angelika Jahr, Ulf Poschardt, Julia Pagel, Julia Jessen, Oliver Knorr, José Redondo-Vega, Johannes Fischer, Martin Meyer-Maluck, Marcus Johst, David Baum, Tom Junkersdorf, Timothy Sonderhüsken, Anne Meyer Minnemann, Stefan Lohrberg, Helga Arntzen, Michael Ammer, Melanie Jahr, Christoph Scheuring und meiner Agentur, der Thomas Schlück Literary Agency.

In liebevollem Gedenken: Jochen Kautz

Besonderer Dank: Florentine Markworth – trotzdem und genau deshalb, ohne dich wäre das alles nicht möglich gewesen.

Birand Bingül

Ping.Pong.

Hakim ist der Held dieser Geschichte – das heißt: So viel Held, wie man als Fünftliga-Tischtennisspieler und glückloser Radiomoderator sein kann. So viel Held, wie man bleibt, wenn der beste Freund einem die Freundin ausspannt. So viel Held, wie man wäre, wenn die hübsche Haushaltshilfe einen ernst nehmen und nicht laufend mit türkischen Sinnsprüchen bombardieren würde. So viel Held, wie man eben ist, wenn das Leben mit einem Pingpong spielt.

»Gutes Buch!« Allegra

»Leidenschaftlich und überzeugend!« TAZ

»Birand Bingül hat das Buch für den Urlaub geschrieben, amüsant und sensibel – und nicht nur für Pingpong-Fans!« Stern

Knaur
Lemon